# ANOTAÇÕES SOBRE LEITURA E NONSENSE

# ANOTAÇÕES SOBRE LEITURA E NONSENSE

*Lúcia Kopschitz Xavier Bastos*

*Martins Fontes*
São Paulo 2001

Copyright © 2001, Livraria Martins Fontes Editora Ltda.,
São Paulo, para a presente edição.

1ª edição
agosto de 2001

**Revisão gráfica**
*Ivete Batista dos Santos*
*Sandra Regina de Souza*
**Produção gráfica**
*Geraldo Alves*
**Paginação/Fotolitos**
*Studio 3 Desenvolvimento Editorial*

**Dados Internacionais de Catalogação na Publicação (CIP)**
**(Câmara Brasileira do Livro, SP, Brasil)**

Bastos, Lúcia Kopschitz Xavier
  Anotações sobre leitura e nonsense / Lúcia Kopschitz Xavier Bastos. – São Paulo : Martins Fontes, 2001. – (Texto e linguagem)

Bibliografia.
ISBN 85-336-1460-8

1. Leitura 2. Literatura nonsense I. Título. II. Série.

01-3273 CDD-418.4

**Índices para catálogo sistemático:**
1. Leitura e nonsense : Lingüística 418.4

*Todos os direitos desta edição reservados à*
***Livraria Martins Fontes Editora Ltda.***
Rua Conselheiro Ramalho, 330/340  01325-000  São Paulo  SP  Brasil
*Tel. (11) 3241.3677  Fax (11) 3105.6867*
*e-mail: info@martinsfontes.com.br  http://www.martinsfontes.com.br*

# Índice

*Introdução* **1**

*Nonsense* **13**
Leitura **33**
Leitura em língua estrangeira **49**
O *nonsense* e a construção do sentido **57**

*Bibliografia* **99**

Para Tomás

"Beware the Jabberwock, my son!
The jaws that bite, the claws that catch!
Beware the Jubjub bird, and shun
The frumious Bandersnatch!"

Lewis Carroll, "Jabberwocky"

E para Ana

"A Fly, a Flea, and a Flawbloo sat opening clams in Muscatine, Iowa, and eating 'em raw and passing the time o'day.

'When I read,' said the Fly, 'I let the words sink in so my language gets better and better.'

And the Flea: 'When I read I figure the meaning, if I can, and when I can't I say, Oh, very well, there's better fish in the sea than was ever caught.'

And the Flawbloo: 'You might take notice when I read I skip the periods because they say stop and I say why should I stop?'"

Carl Sandburg,
*Fables, Foibles, and Foobles*

"In winter, when the fields are white,
I sing this song for your delight –

In spring, when woods are getting green,
I'll try and tell you what I mean.

In summer, when the days are long,
Perhaps you'll understand the song:

In autumn, when the leaves are brown,
Take pen and ink, and write it down.
(...)"

Lewis Carroll, Humpty Dumpty's Recitation

# Introdução

> "Serão essas – as com alguma coisa excepta – as de pronta valia no que aqui se quer tirar: seja, o leite que a vaca não prometeu. Talvez porque mais direto colidem com o não-senso, a ele afins; e o não-senso, crê-se, reflete por um triz a coerência do mistério geral, que nos envolve e cria. A vida também é para ser lida. Não literalmente, mas em seu supra-senso. E a gente, por enquanto, só a lê por tortas linhas (...)."
>
> Guimarães Rosa, *Tutaméia*

Falando a respeito das "anedotas de abstração" que constam de um dos Prefácios de *Tutaméia*[1], Guimarães Rosa fala de tudo aquilo de que estaremos tratando aqui: a leitura e o *nonsense*. Assim como a vida, os textos também são para ser lidos, e isso nos traz de pronto a figura do leitor. Deixemos então a vida de lado e tratemos de textos, leitores e *nonsense*. O *nonsense* editado pelos leitores que a um só tempo extrapolam seu papel de atribuidores de sentido e apostam que tudo está no texto enquanto matéria lingüística é nosso tema. O não-senso que, "crê-se, reflete por um triz a coerência do mistério geral" é o nosso tema. "Por um triz" porque estabelecer o *nonsense* na verdade é ir contra o sentido rigoroso que pudesse talvez haver. É fazer desaparecer a coerência. Mas é, ao mesmo tempo, instituir uma outra ordem, uma outra coerência: a da brincadeira. Ou a da transgressão. Mas essa outra ordem imita a primeira, reflete-a por um triz, desde sempre. Os *moderni* do século XII já são exemplo disso: "(...) por terem de aprender o latim como língua artística, dependem tanto do estudo dos modelos antigos que, quando protestam, imitam-nos (...)"[2].

---

1. ROSA, G. *Tutaméia*. 4ª ed. Rio de Janeiro, José Olympio, 1976.
2. CURTIUS, E. R. *Literatura européia e Idade Média latina*. Rio de Janeiro, MEC. Instituto Nacional do Livro, 1957, p. 102.

Por ora, há alguns esclarecimentos a fazer. O primeiro deles versa sobre termos. Estaremos falando aqui sobre leitura em língua estrangeira, ou seja, leitura de textos escritos numa língua que não é a língua materna de quem os lê. Os termos *segunda língua* e *língua estrangeira* designam, é verdade, fenômenos diferentes. Têm uma segunda língua indivíduos que por razões políticas ou mesmo particulares aprenderam quando pequenos e/ou cresceram falando mais de uma língua. Esses termos estarão, no entanto, sendo usados aqui como sinônimos porque aparecem comumente como sinônimos na bibliografia consultada. Na verdade, o que se vê muito é o uso de *segunda língua* por *língua estrangeira*, e no que concerne à leitura em língua estrangeira propriamente dita já se falou que parece não haver ainda uma teoria desenvolvida[3]. Tomemos então como assuntos de nossa alçada o que se fala a respeito de leitura em língua estrangeira, a respeito de leitura em segunda língua e a respeito de leitura em segunda língua quando se deveria dizer língua estrangeira.

O termo *nonsense* em obras de referência aparece de duas maneiras. Ora vem definido pela falta de sentido na fala, na escrita ou mesmo no comportamento de maneira geral, ora como uma manifestação literária. É "fala ou escrita sem significado" ou "comportamento tolo" (*Longman Dictionary of English*

---

3. A esse respeito, ver BRAGA, D. B. & BUSNARDO, J. Metacognition and Foreign Language Reading: Fostering Awareness of Linguistic Form and Cognitive Process in the Teaching Language Through Text. *In*: *Lenguas Modernas* 20 (1993), 129-49, Universidad de Chile, que dizem: "It is obvious to us that a true theory of foreign language reading has yet to be developed", p. 133.

Cabe aqui uma anotação: manteremos apenas nessa nota a citação conforme o original em inglês para que se torne evidente o termo usado na distinção que não é feita aqui: *foreign language* x *second language*. Fora essa, as demais citações de originais em língua estrangeira aparecerão traduzidas por mim, a não ser os excertos do texto de Daniel Coste que têm uma versão publicada em língua portuguesa, que utilizo aqui. Os trechos de Lewis Carroll aparecerão em inglês e suas traduções, em notas. Indico as que não forem minhas. (Não será difícil notar por que recorri a traduções próprias em se tratando das comparações entre os textos de Lewis Carroll e de Wittgenstein, caso alguém se dê ao trabalho de buscar as diferenças em traduções publicadas.)

*Language and Culture*); "aquilo que não é o senso; palavras ditas ou escritas que não fazem sentido ou que portam idéias absurdas; também ação absurda ou sem sentido" (*Oxford English Dictionary*); "palavras ou linguagem sem sentido; pensamento, conduta ou linguagem tolos ou absurdos" (*The Penguin Pocket English Dictionary*); comum na fala e não-intencional (*The Penguin Dictionary of Literary Terms and Literary Theory*). E é "poesia imaginativa e com humor que geralmente conta uma história sem sentido"(*Longman Dictionary of English Language and Culture*); intencional, tendo se tornado um gênero literário, especialmente nos últimos 150 anos (*The Penguin English Dictionary of Literary Terms and Literary Theory*).

Além das definições acima, outras aparecem nas entradas *versos de nonsense* e *livro de nonsense*: "versos que consistem de palavras e frases organizadas apenas com referência ao metro e sem observância do sentido" (*Oxford English Dictionary*); um tipo de verso tipicamente inglês, cujo significado ou seqüência são absurdos ou ilógicos, caracterizados, em sua maioria, por um ritmo forte (*Cassell Dictionary of Literary and Language Terms*).

Optei por usar o termo *nonsense*, embora este não esteja, ao contrário do que imaginava, dicionarizado aqui como expressão estrangeira. Uso-o, emprego-o como tal. Outras opções teriam sido falta de senso ou de sentido. Acontece que, veremos, o *nonsense* não se resume a uma falta, a uma ausência de sentido, trata-se mais de uma negação, de um não sentido. Uma negação remete a uma afirmação e é assim que o *nonsense* prova a existência do sentido: paradoxalmente. O *nonsense* remete ao sentido. Na medida em que o nega, afirma-o. De toda forma, o termo *nonsense* aparecerá aqui ora como substantivo, ora como adjetivo (equivalendo ao inglês *nonsensical*). Na verdade, mais do que um termo estrangeiro, emprego um termo inglês.

Triunfar sobre o impossível, disse Blaise Cendrars[4], é, para os ingleses, uma vitória cotidiana, material. Portanto, não é por

---

4. *Apud* CHEVALIER, J. Alice ou la Liberté Surveillée. *In Europe. Revue Littéraire Mensuelle. Lewis Carroll.* Août/Septembre, 1990. 68º Année, nº 736-7. Messidor. Paris, p. 34.

acaso que o *nonsense* em prosa e verso se encontra, ao longo dos séculos, principalmente na produção literária inglesa. Negar, ou pelo menos colocar em dúvida o impossível, seria crucial para os habitantes daquela ilha controversa. Tal tese, fundamental e autêntica, é expressa logo na primeira vez em que Alice encontra um obstáculo e quer triunfar:

"Tantas coisas insólitas tinham acontecido até então que Alice começou a pensar que poucas coisas seriam realmente impossíveis."[5]

Para o segundo esclarecimento, faço minhas as palavras de Hugh Haughton ao iniciar os agradecimentos que faz na antologia de *nonsense* que editou: "uma antologia como essa tanto é um registro da idiossincrasia do olhar de um editor como uma operação de pura sorte. Reunindo material para o livro, sempre tive consciência da extensão da minha ignorância natural, especialmente das literaturas que não a inglesa, e da minha enorme dependência de pura sorte em deparar com achados isolados de *nonsense*, aqui e ali. Se você for pelos lugares óbvios e pelas antologias existentes, talvez seja mais fácil achar do que procurar. E quando você encontra, pode ser que o *nonsense* de uma pessoa seja o próprio senso para uma outra (...)"[6].

Também, apesar da minha ignorância natural, acabo tendo notícia de uma ou outra manifestação de *nonsense* em outras línguas. Conheço, desde sempre:

"Le bon roi Dagobert
Avait mis sa cullote à l'envers.
Le grand saint Eloi
Lui dit: O mon roi!

---

5. CARROLL, L. *The Annotated Alice. Alice's Adventures in Wonderland and Through the Looking Glass* (Ilustrado por John Tenniel.). Hardmondsworth, Middlesex, England, Penguin Books, 1984, p. 30.
6. HAUGHTON, H. Introduction. In: *The Chatto Book of Nonsense Poetry*. Londres, Chatto and Windus, 1988, p. 517.

Votre majesté est mal culotée
– C'est vrai, lui dit le roi,
Je vais la remettre à l'endroit"[7]

Na própria antologia editada por Hugh Haughton estão incluídos textos franceses, turcos, servo-croatas, espanhóis, alemães, russos e poloneses, traduzidos para o inglês, bem entendido. Quanto ao português, é possível encontrar um número bastante considerável de textos *nonsense* na coletânea de cantigas de roda levantada na dissertação de mestrado de Lourenço Chacon Jurado Filho. As cantigas de roda são brincadeiras e nelas "as palavras passam (...) *a valer por si mesmas*, por seu 'corpo', por aquilo que têm de sonoridade"[8]. O sentido é deslocado para o aspecto fônico da cantiga, concentrando-se aí. A cantiga de roda é um acontecimento, e nela freqüentemente muitas palavras estão lá apenas pela estrutura sonora e rítmica que apresentam, "sem que exista a preocupação de sua ligação de sentido com as demais"[9], como se pode ver em:

"Aprendi a namorar, Sereia
com um aperto de mão, ó Sereia!"[10]

"Ficamos de mal, Coco de Milho!
Ficamos de mal, ó Mariana!

Fazemos as pazes, Coco de Milho!
Fazemos as pazes, ó Mariana!"[11]

"Zabelinha come pão,
come pão, come pão!

---

7. *Mon Premier Livre de Chansons*. Paris, Librairie Larousse, 1959, pp. 8-9. Isso sem falar de "Era uma vez a vaca Vitória/ Deu um berro e acabou-se a história", ou de "Era uma vez três: dois polacos e um francês", ou ainda "Era uma vez um gato xadrez".
8. JURADO FILHO, L. C. *Cantigas de roda: jogo, insinuação e escolha*. Campinas, 1985,168 pp. Dissertação (Mestrado)/DL. IEL-UNICAMP, p. 30.
9. *Id.*, *ibid.*, p. 30.
10. *Id.*, *ibid.*, p. 63.
11. *Id.*, *ibid.*, p. 65.

Deixa o resto no fogão,
No fogão, no fogão!"[12]

"Olha o passarinho, dominó!
Caiu no laço, dominó!
Dai-me um beijinho, dominó!
E um abraço, dominó!"[13]

Segundo este autor, ainda, o *nonsense* na cantiga de roda tem "um efeito ritual de extrema *hilaridade*", por um lado, e, por outro, permite re-leituras. Essa estrutura, aliada à coreografia apropriada a cada cantiga, é que permite um dos aspectos relevantes na prática de cantigas de roda: a insinuação[14].

Campos de Carvalho, autor de *O púcaro búlgaro*[15], é considerado o grande escritor de *nonsense* no Brasil. Poderia lembrar ainda Oswald de Andrade ou até Machado de Assis (no capítulo "O delírio" de *Memórias póstumas de Brás Cubas*[16], por exemplo), mas não me atreveria.

\* \* \*

Como Hugh Haughton, mais uma vez, não fui pelos lugares óbvios. O próprio tema não me permitiria... Aos poucos foi se delineando como *background* um paradigma e foi se mostrando um modo de fazer pesquisa: ir recolhendo indícios, sinais, sintomas. Como ensina Carlo Ginzburg, parti de "indícios até certo ponto negligenciáveis e análises do tipo microscópicas"[17].

---

12. *Id.*, *ibid.*, p. 110.
13. *Id.*, *ibid.*, p. 123.
14. *Id.*, *ibid.*, p. 122.
15. CARVALHO, Campos de. *O púcaro búlgaro*. Rio de Janeiro, Civilização Brasileira, 1964.
16. ASSIS, Machado de. *Obra completa*. Organizada por Afrânio Coutinho. Vol. 1. Rio de Janeiro, Nova Aguilar, 1986, pp. 520-4.
17. GINZBURG, C. *Apud* FROÉS, V. L. Pequenos Tesouros. *In*: História 1. *Jornal do Brasil*, 5 ago. 1989. p. 10.

Quatro capítulos; os três primeiros se constituem em cenário para o último, assim: a análise de dados feita nesse quarto capítulo é garantida pelo que se viu antes a respeito do *nonsense*, pelo que é apresentado e discutido a respeito da leitura e da leitura em língua estrangeira. Que dados são esses, afinal? Esclareço: os dados que serviram de base para este trabalho são provenientes das provas de Língua Estrangeira – Inglês do Vestibular Unicamp. Tais provas, desde 1987, são provas de leitura em língua estrangeira. Assim, embora esses dados sejam oriundos de uma situação em que está sendo avaliada a capacidade de leitura, não é a avaliação em língua estrangeira que estará em pauta aqui. Em outras palavras, não é a prova, como instrumento de avaliação da capacidade de leitura em língua estrangeira dos candidatos, como parte de um processo classificatório, que estará em discussão. Entretanto, em um momento ou outro, será justamente essa procedência, essa característica dos dados que sobressairá. No entanto, é importante chamar a atenção para a situação em que os dados com que trabalhamos foram gerados para que essa discussão se encerre aqui, para que se esclareça qual o objetivo deste estudo. Acreditamos, inclusive, que não é essa origem que confere aos dados seu estatuto.

Falemos, contudo, aqui, um pouco sobre essa prova. É uma prova dissertativa, como todas as outras que compõem o concurso e, a partir de textos em inglês, o candidato deve responder, em português, a perguntas feitas também em português. Os textos são extraídos de jornais, revistas, livros, enfim, de qualquer meio em que a língua inglesa se apresente por escrito, e o que importa em sua seleção, na verdade, não é a fonte, mas a variedade discursiva, para que nenhuma das áreas para as quais os candidatos concorrem (Ciências Biológicas, Ciências Exatas, Ciências Humanas e Artes) seja privilegiada. As perguntas incidem ora sobre o texto inteiro, ora sobre partes dele e têm todas o mesmo valor (em outras palavras, atribuem-se a todas elas pontos de cinco a zero). Ora privilegiam o funcionamento do texto, ora sua argumentação. Procuram fazer

*introdução* • 7

com que o candidato/leitor demonstre sua competência em leitura em língua estrangeira, possibilitando diferentes procedimentos diante do texto e propondo graus de dificuldade de leitura variados[18]. 

Outra questão que não estaremos discutindo é a nota que teria sido atribuída às diversas respostas que aparecerão transcritas aqui. Tampouco estaremos discutindo a grade de respostas[19] considerada no momento da correção efetiva das provas. O que nos interessa aqui não é o critério de atribuição de pon-

---

18. Na verdade, a proposta da prova obedece ao Programa de Língua Estrangeira que consta do *Manual do Candidato*, editado anualmente pela Comvest/Pró-Reitoria de Graduação – Unicamp.
19. O que é essa "grade de respostas"? Em Bastos, L. K. X. *et alii. Vestibular Unicamp. Inglês/Francês.* São Paulo, Globo, 1993, encontramos:
"No momento em que elabora a prova, a banca elabora também uma grade de respostas. Desta grade constam as respostas, ou a resposta, a que seriam atribuídos cinco pontos, ou seja, as respostas possíveis consideradas as mais adequadas.

Essa grade de respostas proposta pela banca elaboradora é a indicação do que a banca pretendia ao elaborar aquelas determinadas perguntas a propósito dos textos escolhidos (...)

De posse da grade a banca de correção da prova trabalha, inicialmente, com uma amostra real das provas e a completa. Completar a grade de respostas significa incluir, a partir das respostas dadas pelos candidatos, outras não previstas pela banca elaboradora, e que são também consideradas adequadas, além de determinar, sempre a partir das respostas dos candidatos, que respostas receberão um, dois, três, quatro e/ou cinco pontos. Só aí parte-se para a correção propriamente dita. Nossa concepção de leitura permite dizer que a elaboração da grade de respostas só termina quando termina a correção da última prova. Assim, o caminho entre a grade de respostas proposta pela banca elaboradora e a grade definitiva, composta pela banca corretora, é longo e há inúmeras decisões que precisam ir sendo tomadas. Não se trata, de maneira alguma, de decisões *ad hoc*: há vários critérios pré-estabelecidos que norteiam o trabalho dos corretores. Por exemplo, a inclusão de informações contraditórias na resposta ou a inclusão de informações estranhas ao texto geralmente levam o corretor ao corte de *um* ponto na nota daquela questão. Por outro lado, sempre é possível dar *um* ponto a um caso de resposta que receberia nota zero quando se pode detectar *algum* entendimento do que se pede na questão. Tentativas de tradução inadequadas também acabam por receber um ponto. Mostram, no mínimo, que o candidato conseguiu localizar o trecho da questão." (pp. 22-4)

Desde que a resposta esteja dentro das possibilidades de leitura de um texto, ela será aceita: "Coerentemente com nossa concepção de leitura, prevemos respos-

tos, não é a prova como instrumento de avaliação e não é o desempenho dos candidatos nessa prova. O que nos interessa é uma questão bastante particularizada: o caminho trilhado por alguns candidatos em sua leitura para dar conta de determinadas dificuldades. Sem dúvida, um estudo como esse contribui para questões como a avaliação em língua estrangeira, mais especificamente a avaliação de leitura em língua estrangeira, na medida em que faz ver que muitas vezes o desempenho de um candidato que produz algumas das respostas que aparecerão aqui está, não se pode questionar, pelo menos um passo à frente do desempenho de outros que simplesmente erram. Erros de natureza diferente indicam capacidades de leitura diferentes. É possível, através dos erros, elaborar hipóteses fortes sobre o desempenho dos leitores/autores das respostas em questão aqui. A concepção da prova e a maneira como é corrigida[20] permitem que essas diferenças, embora pequenas, sejam levadas em consideração, sem falar das conseqüências pedagógicas dessas observações.

Cumpre informar ainda que as respostas que vão aparecer aqui foram selecionadas a partir de amostras fornecidas pela Comissão Permanente para os Vestibulares (COMVEST/Unicamp), através de sua Coordenação Acadêmica e de Pesquisa e de seu setor de Estatística. Tais amostras são representativas do conjunto de provas de 1987 a 1995. Indicarei, entre colchetes, no final de cada texto reproduzido aqui, o ano em que foi aplicada a prova da qual faz parte.

---

tas para as perguntas da prova, mas nunca poderíamos, nem conseguiríamos, listar a gama de respostas possíveis para uma pergunta, e é por isso que a grade de respostas de cada pergunta da prova só se encerra com o término da correção. Muitas vezes encontramos excelentes respostas de candidatos que não haviam sido imaginadas pela banca elaboradora, mas que nem por isso deixam de receber a nota máxima. A banca trabalha dentro da previsibilidade ao compor a grade de respostas da prova: estabelecemos um mínimo de compreensão que julgamos necessário ser atingido pelos candidatos." (p. 24)

20. Tudo sobre a concepção e a correção dessa prova pode ser encontrado em BASTOS, L. K. X. *et alii*. *Vestibular Unicamp. Inglês/Francês*. São Paulo, Globo, 1993.

É importante especificar a origem dos dados com que trabalhamos porque o sucesso na leitura depende diretamente dos objetivos do leitor. Dependendo de seus propósitos de leitura, o leitor necessitará ou não de uma maior precisão vocabular, por exemplo. Por outro lado, também de acordo com seus propósitos de leitura, pode prescindir de todo um parágrafo. Se vamos ler um manual de instruções para a montagem minuciosa de uma máquina, por exemplo, é preciso que todos os passos e sua ordem sejam bem entendidos. Além disso, é preciso uma correta identificação, digamos assim, de todos os itens lexicais. Se queremos apenas saber se a opinião de alguém a respeito de determinado assunto é favorável ou não e se estamos diante de um texto que expõe a opinião de várias pessoas a respeito desse mesmo assunto, talvez não seja necessário sequer lê-lo todo. Diante do texto, é possível adotarmos diversas posturas, dependendo de nossos objetivos, segundo Geraldi[21]: a leitura pode ser feita para uma busca de informações, para um estudo do próprio texto; pode ser feita como pretexto para, por exemplo, a escrita de um outro texto ou para sua representação; pode ser feita, ainda, por prazer, o "ler por ler", por exemplo. Essas posturas seriam, na verdade, relações de interlocução com o texto e/ou com seu autor determinadas pelos objetivos do leitor, diz Geraldi, e não pelo tipo de texto que se vai ler, como nossos exemplos do parágrafo anterior possam talvez ter deixado insinuado.

O fato é que os dados com que trabalhamos foram produzidos numa situação bastante específica que é a do exame vestibular para admissão à universidade: os autores desses textos serão avaliados por essa sua produção. Uma nota será atribuída a esses trechos, que são respostas a questões, e dessa nota, entre outras, dependerá seu ingresso na universidade (e sabe-se lá o que mais). Esses leitores, autores dos trechos de que trato aqui,

---

21. GERALDI, J. W. Prática da leitura de textos na escola. *In*: GERALDI, J. W. (Org.). *O texto na sala de aula. Leitura e produção.* 4ª ed. Cascavel, Assoeste, 1985.

são, antes de mais nada, candidatos a um exame vestibular para cursos superiores. Decorre, então, que seu propósito de leitura naquele momento não é outro senão o de responder às perguntas colocadas, e isso eles fazem da maneira mais sábia possível, incluindo-se aí a sapiência daqueles que, candidatos, não sabendo inglês, precisam responder à prova. Seu propósito aí expande-se de *ler para resolver, responder*, para *ler para dar um jeito de responder*, um jeito tal que seja capaz de convencer aquele que tem o papel de julgar e atribuir pontos. É nessa categoria que entram os textos-resposta com que trabalhamos aqui.

O que se instituiu foi um circuito de leituras: o candidato ao vestibular recebe um texto – chamemos de *texto 1* – com um acréscimo, um subtexto, que seriam as perguntas a responder e que, de certa forma, dão um caminho para essa leitura. A partir daí, produz um texto – o *texto 2* – que retorna ao leitor primeiro, aquele que propôs os textos e respectivas questões – o *leitor 1*. A resposta do *leitor 2*, agora já em outro papel, é percebida como *nonsense* por outro leitor, o *leitor 1*. De fato, há aqui dois leitores a serem considerados e, embora seja possível dizer que essas respostas se apresentem como resultado de uma leitura inadequada, são o resultado de uma leitura se considerarmos que tinham um propósito bastante determinado. Assim, o *leitor 1*, cotejando essas mesmas respostas com os textos de onde a leitura deveria partir, é que lê a transgressão.

"Let us end these forewords with Puck's Farewell:
As I am an honest Puck,
If we have unearned luck,
Now to 'scape the serpent's tongue,
We will make amends ere long:
Else the Puck a liar call,
So, good night unto you all."

Ernest Rhys, *A Book of Nonsense*

## *Nonsense*

> "(...) Apenas nós é que estamos acostumados com que as paredes é que tenham ouvidos, e não os maluquinhos. Por onde, pelo comum, poder-se corrigir o ridículo ou o grotesco, até levá-los ao sublime; seja daí que seu limite é tão tênue. E não será esse um caminho por onde o perfeitíssimo se alcança? Sempre que algo de importante ou grande se faz, houve um silogismo inconcluso, ou, digamos, um pulo do cômico ao excelso. Conflui, portanto, que: OS DEDOS SÃO ANÉIS AUSENTES?"
>
> Guimarães Rosa, *Tutaméia*

De acordo com o filólogo alemão E. R. Curtius[1], remontam a Arquíloco os primeiros escritos sobre as coisas impossíveis, em grego *adynata*[2]. Diante de um eclipse pensou que nada seria impossível depois que Zeus obscurecera o Sol:

### O Eclipse

Fato não há que exceda a expectativa,
receie desmentido ou cause espanto,
desde que Zeus, pai dos Olímpicos,
obscurecendo o resplendor do Sol,
em pleno meio-dia fez a noite,
e o pálido terror venceu os homens.
Nada mais é seguro, tudo é de esperar;
já ninguém deve supreender-se
se um dia vir os animais trocarem

---

1. CURTIUS, E. R. *Literatura européia e Idade Média latina*. Rio de Janeiro, MEC. Instituto Nacional do Livro, 1957, pp. 98-9.
2. *Impossível* é um dos sentidos registrados para *adynatos* em BAILLY, A. *Dictionnaire Grec-Français*. Paris, Hachette, 1950.

a terra firme pelas ondas rumorosas,
pedindo por empréstimo
as pastagens marinhas aos delfins,
que as deixarão em busca das montanhas.³

Também em *Ifigênia em Aulis*, de Eurípides, encontramos *adynata* nessa mesma acepção, no verso 1370:

Diante do impossível não posso obstinar-me.

Foram famosos na Idade Média os *adynata* ou *impossibilia* de Virgílio. Reproduzo aqui, em tradução, os versos 52-55 da oitava Bucólica:

Agora o lobo fuja das ovelhas; frutos de ouro os duros robles dêem; floresça o amieiro de narcisos; suem da casca os tamarizes untuoso âmbar; cante a coruja como o cisne; Orfeu, que o seja Títiro, Orfeu nas selvas, e no meio dos delfins Aríon.⁴

Na verdade, a tópica do mundo às avessas teria sido parte mesmo da linguagem cotidiana latina, é o que diz a nota ao verso 59 (*Antes no éter pastarão os rápidos veados*) da mesma edição da qual transcrevemos os versos acima: "os *impossibilia* ou *adynata*, conhecidos na poesia antiga, egípcia ou grega eram freqüentes na linguagem familiar latina (...). Assim Virgílio (...) provavelmente não imitou ninguém, não é preciso buscar os precedentes de Arquíloco ou Rufino para explicar os seus versos"⁵.

Como parte desse cotidiano, marca presença também na literatura da Idade Média em latim a tópica do mundo às avessas. Exemplos dessa presença acham-se nos *Carmina Burana*, coletânea encontrada em 1808, na Abadia beneditina de Beuern, no sul da Alemanha, cujos autores não eram senão "a confraria

---

3. Tradução de Péricles E. da Silva Ramos, em *Poesia grega e latina*. São Paulo, Cultrix, 1964.
4. Virgílio. *Bucólicas*. Trad. e notas de Péricles E. da Silva Ramos. Intr. de Nogueira Coutinho. Editora Universidade de Brasília/Melhoramentos, p. 131.
5. *Id., ibid.*, p. 40.

dos estudantes e clérigos que, séculos a fio, rumaram pelas estradas da cristandade européia, o alaúde a tiracolo, sustentando-se com a apresentação de um repertório de canções amorosas, satíricas e boêmias"[6]. O *Florebat olim studium* é "um exemplo eloqüente de *adynata*, isto é, uma seqüência de *impossibilia*"[7]:

Estudar, outrora moda,
hoje a muitos incomoda;
importava o saber,
agora brincam pra valer.
Nossos jovens são astutos,
imberbes, já exibem canudos;
arrogantes, insolentes,
até parecem inteligentes;
nos tempos bons de outrora,
se estudava a toda hora;
aos noventa, tão-somente,
aposentavam um discente.
Mas agora, aos dez de idade,
jovens passam por abade,
bancam eles os professores:
de cegos, cegos condutores.
Aves sem penas, eles volitam,
nos alaúdes, asnos dedilham,
como bovinos, na corte saltitam;
de enxada, arautos militam.
Na taberna, o novo Gregório
debatendo, perde inglório;
Jerônimo, severo doutor,
ganha pouco como orador.
Nossos Bento e Agostinho,
sobre a safra de trigo e vinho

cavaqueiam discretamente,
mas com rega-bofes na mente.
Ouvindo o Mestre, Maria boceja,
Marta cozinha, nada deseja;
Lia está sem rebento,
Raquel de olho remelento.
O incorrupto velho Catão
tornou-se agora um comilão,
Lucrécia, exemplar matrona,
mulher-dama ali na zona.
O que os velhos repudiaram,
agora os jovens exaltaram;
quente agora tornou-se frio,
inverno agora é estio,
a virtude tornou-se vício,
trabalhar tornou-se ócio;
Tudo agora anda sem rumo
vemos tudo fora de prumo.
O sábio deve, do coração,
podar pecado e perversão;
não basta chamar: "Senhor,
Senhor!"
para o juiz bem dispor;
quando aquele Juiz julgar,
não terá a quem apelar.[8]

Ao lado dos *adynata*, Curtius cita também Aristófanes, em cujos textos predomina o cômico. *A revolução das mulheres* (representada pela primeira vez em Atenas em 382 a.C.),

---

6. *Carmina Burana. Canções de Beuern*. Trad., introdução e notas de Maurice van Woensel. São Paulo, Ars Poetica, 1994, p. 10.
7. CURTIUS, E. R. *Op. cit.*, p. 100.
8. *Carmina Burana*, pp. 26-9.

*A greve do sexo* (representada em 411 a.c.) e *Pluto* (representada em 388 a.c.) são exemplos do paralelismo entre os motivos cômicos e os *adynata* apontado por Curtius. *Lisístrata* tinha a intenção de promover o fim de uma guerra, mas a *Pluto* não se deve atribuir outra intenção senão a de divertir. Pelo menos é essa a opinião do tradutor e autor da introdução e das notas de Pluto para o português, a partir do texto grego, Américo da Costa Ramalho[9].

Abro parênteses: os monstros reeditados comercialmente nos últimos tempos não fariam parte de uma antologia do *nonsense*. Especialmente presente na Idade Média, "o monstro perpetua-se através dos séculos, das civilizações"[10]. Aparece com maior ou menor freqüência conforme a necessidade que se tem dele e, ao contrário das criaturas do *nonsense*, que nada têm a ver com o medo, "sabe ser útil ao recolher e exprimir tudo o que faz medo; sabe até fazer rir do medo"[11]. No *nonsense*, o que se tem é a negação do senso, no monstro, a negação da ordem pela desordem: "o monstro é (...) uma manifestação da desordem. É desordem por carência ou por 'superfluidade', sendo o critério a *forma inicial*, forma de homem, de animal ou de vegetal, forma perfeita tal qual Deus criou. Portanto, por natureza, é 'imperfeito'. (...) Esses animais não passam de arremedo, falsificação, criação alterada"[12].

Apesar de suas origens remotas, a vinculação da poesia *nonsense* à literatura infantil é o que primeiro salta aos olhos em qualquer antologia do *nonsense*. Talvez porque a brincadeira com sentido e palavras, sons e significados, parte da infân-

---
9. *Pluto* pode ser vista de outra maneira, aponta o próprio tradutor: "Para as intenções atribuídas ultimamente à comédia – se é que ela tem alguma a não ser a de divertir –, ver um artigo recente de J. H. Barkhuizen, para quem o motivo do *Plutus* é o de 'Illusion versus Reality' (...). (ARISTÓFANES, *Pluto. [A riqueza]* Introdução, versos do grego e notas de Américo da Costa Ramalho. Instituto Nacional de Investigação Científica. Centro de Estudos Clássicos e Humanísticos da Universidade de Coimbra. Coimbra, 1982, p. 16).
10. KAPPLER, C. *Monstros, demônios e encantamentos no fim da Idade Média*. Trad. Ivone Castilho Benedetti. São Paulo, Martins Fontes, 1994, p. 7.
11. *Id., ibid.*, p. 7.
12. *Id., ibid.*, p. 308.

cia, não pertence apenas a ela. Além disso, também muitas vezes esse tipo de poesia é encarado como sendo **apenas** *nonsense*, uma coisa menor. Veremos, no entanto, que o *nonsense*, quer se trate de poesia ou de prosa é, como bem colocou Hugh Haughton em sua introdução a *The Chatto Book of Nonsense Poetry*, "menos um gênero do que uma possibilidade, um limite que a poesia toca com maior freqüência do que geralmente imaginamos"[13]. Além disso, para se chegar ao *nonsense* não bastam palavras ou rabiscos ao léu. O *nonsense* é formalizado e tem mais padrões do que outros tipos de linguagem, mais do que se pode imaginar[14].

O rompimento com a ordem lógica, ordem que conhecemos, o surgimento de uma outra ordem, o rompimento com a expectativa, além da "invenção de palavras abstrusas e de personagens grotescos"[15] é o que se vê na poesia *nonsense*. Seu cerne "(...) é a inconseqüência e um sentimento de absurdo que não possui qualquer pretensão metafísica, muito ao contrário do absurdo kafkiano"[16]. Além disso, "é remotíssima a possibilidade de se encontrar finalidade ou intenção naquilo que traduz a poesia *nonsense*"; o que faz com que ela aconteça "é o mais irresponsável ludismo"[17].

Essa discussão nos remete obrigatoriamente à Pragmática Conversacional, teoria que aborda, entre outras coisas, a questão da intenção. Tal teoria considera a existência de princípios que governam a conversação. Formulados por Grice, o Princípio da Cooperação e as Máximas que o regem são:

---

13. HAUGHTON, H. *Op. cit.*, p. 8
14. Cf. HAUGHTON, H. *Op. cit.*, p. 6. Não é possível determinar tais padrões nos textos que analisamos, mas, ainda que seja assim, é do *nonsense* que se aproximam. Não é possível determinar padrões formalizados de linguagem *nonsense*, mas é possível detectar o *nonsense* aí através de indícios. É o que veremos.
15. FORTUNA, F. "Sentimento do absurdo domina poesia *nonsense*". *Folha de S. Paulo*, 1º set. 1990.
16. *Id., ibid.*
17. *Id., ibid.*

"Faça com que sua contribuição conversacional esteja de acordo com o que se espera dela, no estágio em que ocorre, conforme o propósito e a direção da troca lingüística em que estiver envolvido."[18]
Máxima da quantidade: faça com que sua contribuição seja tão informativa quanto se espera (de acordo com os propósitos da troca lingüística). Não torne sua contribuição mais informativa do que o esperado.
Máxima da qualidade: tente tornar sua contribuição uma contribuição verdadeira: não diga o que você acredita ser falso e não diga aquilo para o que lhe faltem evidências.
Máxima da relação: seja relevante.
Máxima do modo: seja claro (evite a obscuridade da expressão; evite a ambigüidade; seja breve; seja sistemático...).

Obedece-se ou não ao princípio e às máximas conforme a intenção que se tem. Entretanto, quando se instala o *nonsense*, à primeira vista, não há finalidade e não há como se estar de acordo com um fim e com a direção da troca lingüística. O princípio da cooperação é violado, bem como suas máximas: não há evidências para o que se diz, o que se diz não está relacionado a coisa alguma e não há clareza; pelo contrário, quase sempre o que impera é justamente a obscuridade. No entanto, o *nonsense* é uma possibilidade. É uma forma de engajamento no discurso, embora o seja pela via da reelaboração. Quanto à questão da intenção, esta também pode ser repensada e, na verdade, pode-se recuperar no estabelecimento do *nonsense* uma intenção: a da construção de um texto que produza um estranhamento através da negação do próprio sentido, intenção, a bem da verdade, de caráter marcante. A oposição, o desafio ao senso aparecem sempre e vêm acompanhados de um certo gosto: o *nonsense* seria "um protesto contra a arbitrariedade da ordem e uma afirmação do prazer (...)"[19]. E mais: "o *nonsense* re-

---
18. GRICE, H. P. Logic and Conversation. *In*: COLE, P. e MORGAN, J. L. *Syntax and Semantics*. Vol. 3: Speech Acts. Nova York, Academics Press, 1975. pp. 45-6.
19. HAUGHTON, H. *Op. cit.*, p. 8.

cupera nosso prazer antigo em brincar com as palavras e a lógica e, de uma maneira alegre, nos diz algo de nossa infelicidade diante da ordem costumeira. Por várias vezes, com sua aparência cômica, mexe com as coisas sérias de nossas vidas – desejo e morte, identidade e autoridade, linguagem e significado, divertimento e jogos. E ainda é inerentemente um protesto contra a tirania de uma ortodoxia séria"[20]. Em outras palavras, o *nonsense* é contra a ordem ao erigir o impossível através do lúdico.

Traçando sua origem histórica, no que concerne à literatura inglesa, vemos que o *nonsense* aparece sempre aliado à tradição oral e passa a integrar definitivamente a cultura popular da Idade Média e do Renascimento, como parte de festas de cunho carnavalesco e de outras comemorações religiosas, é o que nos ensina H. Haughton na antologia que editou, mencionada aqui. As manifestações do *nonsense* nesses períodos podem ser recuperadas ainda através dos bobos de Shakespeare, nos livros de gracejos elisabetanos, em cantigas, em *fatrasies* e *sotties* francesas, ou nas fantasias lingüísticas eruditas de Skelton (como Phyllyp Sparrowe).

No século XVIII, ainda segundo Haughton, o *nonsense* não era visto com bons olhos por autores como Dryden, Pope, Fielding e Swift e, muito embora o atacassem, esses autores acabaram por enriquecer a história do *nonsense* com suas sátiras que, muitas vezes, o beiravam. Representam exemplarmente o *nonsense* nesse século Christopher Smart com seu *Jubilate Agno* ("[...] um dos poemas mais cativantes e *sui generis* da língua inglesa [...]"[21]) e William Blake ("[...] outro poeta visionário por vezes acusado de loucura [...]"[22]) com, por exemplo, *The Island in the Moon*.

Embora os poetas românticos não sejam geralmente associados ao *nonsense*, Lamb e Coleridge, além de Keats e Beddoes, todos esses acabaram por produzir poemas *nonsense*. Thomas

---

20. *Id.*, *ibid.*, p. 32.
21. *Id.*, *ibid.*, p. 15.
22. *Id.*, *ibid.*, p. 15.

Lovell Beddoes pode ser especialmente citado por sua balada *Sir Proteus*. *The Idiot Boy*, de Shelley e *There Was a Naughty Boy*, de Keats tocam o *nonsense*, mas são exceções, considerando-se a obra desses dois poetas. Por outro lado, o *nonsense* não é surpreendente em Samuel Taylor Coleridge ("um poeta acusado de ter escrito *nonsense* em seu enigmático e mitopoético poema-sonho – '*Kubla Khan*'")[23]. William Wordsworth também foi acusado do mesmo crime: escrever "meros versos de *nonsense*" em algumas das *Lyrical Ballads*. No entanto, foram justamente "a invenção romântica da infância e o culto de Wordsworth à criança que permitiram a literatura vitoriana do *nonsense*"[24].

Edward Lear e Lewis Carroll são, sem dúvida alguma, os maiores expoentes em se tratando do *nonsense* em literatura. Junto com "os trocadilhos das baladas líricas de Thomas Hood, as pilhérias e sátiras de Thackeray, os romances grotescos de Charles Dickens, e os diálogos e peças elegantemente subversivos de Oscar Wilde"[25], criticaram a seriedade do peso da autoridade social e intelectual da época. Para Lear e Carroll o *nonsense* era declaradamente "uma espécie de dialeto da inocência, uma linguagem associada com a infância mas, de algum modo, livre da carga do sentido"[26]. Na introdução a *More nonsense*, Edward Lear declara que o objetivo de seus *Limericks* era o *nonsense*, "puro e absoluto", livre de qualquer "significado simbólico". E Lewis Carroll, a respeito de suas intenções ao escrever *The Hunting of the Snark*, declarou: "Sinto, mas não quis dizer nada, além do **nonsense**!" (embora tenha admitido que "as palavras dizem mais do que pretendemos quando as usamos")[27].

Já se falou que Alice é um ser ameaçado e atacado pela linguagem. O que se vê nesses e em outros textos de Lewis Carroll não é a morte do sentido, mas, sim, uma reativação do proces-

---

23. *Id., ibid.*, p. 15.
24. *Id., ibid.*, p. 16.
25. *Id., ibid.*, p. 16.
26. *Id., ibid.*, p. 16.
27. *Id., ibid.*, p. 17.

so do sentido em um nível intuitivo, imaginário, aleatório[28]. O *nonsense* de Lewis Carroll joga com regras que afronta, mas que não deixa de considerar e, às vezes, até mesmo respeita. ("Para exercer sua profissão, os contrabandistas precisam dos fiscais da alfândega."[29]) Se assim não fosse, o *nonsense* seria o caos textual. Abandonamos formalmente a regra, o gramatical, mas ainda estamos na língua. Há transgressões, mas não completamente arbitrárias: "(...) os textos de *nonsense* combinam um respeito minucioso às regras da gramática com a necessidade compulsiva de transgredi-las todas, além da tentação incessante do caos da linguagem. O *nonsense* instala-se nas fronteiras da língua, onde o gramatical e o agramatical se encontram, onde a ordem (sempre parcial) da língua encontra a desordem (nunca total) do que está além dela. Objeto curioso e paradoxal, uma fronteira ou um limite. O que aconteceria, dizia Lucrécio, se tendo chegado às fronteiras do universo, eu atirasse minha lança? Ou ela não atravessaria o limite, porque haveria *alguma coisa* para impedi-la, ou ela o atravessaria, mas neste caso ela passaria dentro de alguma coisa. Há sempre alguma coisa além do ponto último, barreira ou espaço (...)"[30]. Essas considerações de Jean-Jacques Lecercle a respeito do ultrapassar de limites e do transgredir são fundamentais e bastante esclarecedoras para uma definição do texto *nonsense*, para uma possível diferenciação entre o que é *nonsense* e o que é apenas errado, desordenado, caótico. Como a lança de Lucrécio, o *nonsense* ultrapassa um limite. Como não se trata simplesmente de ultrapassar, mas de atravessar, ao ultrapassá-lo, incorpora-o.

É exatamente o que fazem tanto e.e. cummings, como Dylan Thomas, mostra Peter Farb: ultrapassam os limites da gra-

---

28. REMY, M. Surréalice? Lewis Carroll et les surréalistes. *In: Europe. Revue Littéraire Mensuelle. Lewis Carroll.* Août/Septembre 1990. 68ª. année, nº 736-7. Paris, Messidor, p. 131.
29. LECERCLE, J. J. Intuitions Linguistiques. *In: Europe. Revue Littéraire Mensuelle. Lewis Carroll.* Août/Septembre. 1990. 68ª. Année, nº 736-7. Paris, Messidor, p. 57.
30. *Id., ibid.*, p. 58.

mática inglesa para criar trechos poéticos que soam como inglês pois parecem sentenças gramaticalmente previstas, esperadas. Em *He sang his didn't* (de *Anyone lived in a pretty how town*), de e.e. cummings, o efeito de um verbo se colocar no lugar de um nome é inominável, muito maior do que a regra violada. O mesmo se dá em *A grief ago* (de um poema com o mesmo título), de Dylan Thomas, que soa como *a year ago*. Não se prevê, na gramática inglesa, que um estado de espírito componha uma locução de tempo[31]. Tempo e lugar trocam de lugar: "Gastei trinta dias para ir do Rocio Grande ao coração de Marcela. Não já cavalgando o corcel do cego desejo, mas o asno da paciência, a um tempo manhoso e teimoso."[32] E o que dizer de "...Marcela amou-me durante quinze meses e onze contos de réis; nada menos", de Machado de Assis[33]?

A maneira como essas transgressões são feitas, como esses limites são ultrapassados, já foi objeto de uma discussão longa e interessante feita por George Pitcher, a respeito de Wittgenstein, *nonsense* e Lewis Carroll. Este é, aliás, o título do artigo em que Pitcher, através de exemplos de textos dos dois autores em questão, mostra muitas semelhanças entre eles no que concerne ao tratamento do *nonsense*. As considerações de Wittgenstein a respeito desse assunto aparecem muito mais em seus escritos posteriores. No *Tractatus Logico-Philosophicus* o *nonsense* é considerado de maneira técnica: "uma combinação de palavras torna-se *nonsense* quando não é possível entendê-la, pelo fato de que nenhum sentido pode ser (a não ser trivialmente) dado a ela"[34]. Pitcher, em seu artigo, mostra,

---

31. Cf. FARB, P. *Word Play. What Happens When People Talk.* Nova York. Bantam Books, 1976, pp.137-9, para uma análise detalhada dessas transgressões gramaticais, bem como para uma análise do Jabberwocky (pp. 315-6), que mostra a maneira como o poema encanta e espanta Alice, preservando estruturas gramaticais inteiras, intactas, fazendo variar, por exemplo, as regras de formação de palavras.
32. ASSIS, M. de. *Obra completa.* Organizada por Afrânio Coutinho. Vol. 1. Rio de Janeiro, Nova Aguilar, 1986, p. 534.
33. *Id., ibid.,* p. 536.
34. PITCHER, G. Wittgenstein, Nonsense, and Lewis Carroll. *In*: ROSENBAUN, S. P. (Ed.). *English Literature and British Philosophy. A Collection of Essays.* Chicago, The University of Chicago Press, 1971.

portanto, o que há de paralelo na maneira de tratar o *nonsense* por parte de Lewis Carroll e por parte de Wittgenstein no que diz respeito, principalmente, a seu trabalho em *Investigações Filosóficas*, onde mostra que o *nonsense* tem aparência plausível e ar de naturalidade, de tal forma que pode iludir até mesmo um homem sensato[35].

Pitcher diz, em uma nota, que Wittgenstein, tendo vivido na Inglaterra na época em que viveu, não poderia ter deixado de ler Lewis Carroll. Mais do que isso, seus editores e amigos mencionaram ocasiões em que Wittgenstein teria se referido a passagens de *Alice* e de *Sylvie and Bruno*. Embora dissessem também que essa admiração não durou até o fim de sua vida, sigamos o raciocínio de Pitcher: tanto Carroll como Wittgenstein eram lógicos e se preocupavam, por exemplo, "com os significados de termos e sentenças, com as diferenças (lógicas) que existem entre os vários tipos de termos, com o fato de que as sentenças que têm a mesma forma gramatical (pelo menos *aparentemente*) algumas vezes expressam proposições de formas lógicas radicalmente diferentes, e assim por diante"[36].

Alguns dos pontos levantados por Pitcher em sua comparação interessam-nos sobremaneira, já que podemos vê-los reeditados no material com que trabalhamos, além de irem compondo uma definição do *nonsense*.

O primeiro deles diz respeito ao fato de que "não devemos nos deixar seduzir e pensar que entendemos uma determinada frase simplesmente porque é gramaticalmente correta e consiste inteiramente de palavras conhecidas: a frase pode, de fato, não fazer sentido algum (...)"[37]. É uma frase do inglês, *aparentemente* perfeita – dizia Wittgenstein em *Investigações filosóficas* – ou soa como inglês, parece inglês, nos *Cadernos azul e marrom*. Em *Alice* e em *Sylvie and Bruno Concluded* aparece exatamente o mesmo estranhamento. Em *Alice*:

---
35. *Id.*, *ibid.*, p. 230.
36. *Id.*, *ibid.*, p. 232.
37. WITTGENSTEIN, L. *Apud* PITCHER, G., p. 232.

Alice felt dreadfully puzzled. The Hatter's remark seemed to her to have no sort of meaning in it, and yet it was certainly English. "I dont quite understand you", she said, as politely as she could.[38]

E em *Sylvie and Bruno Concluded*:

"(...) I hope you'll enjoy the dinner – such as it is; and that you wo'n't mind the heat – such as it isn't."
The sentence *sounded* well, but somehow I couldn't quite understand it (...).[39]

Podemos observar o mesmo fenômeno em exemplos de Chomsky para discutir a questão da gramaticalidade. Um falante de inglês reconhece *Colorless green ideas sleep furiously* como gramatical mas sabe também que a frase não faz nenhum sentido, assim como *Furiously sleep ideas green colorless*. Ambas são "equally nonsensical"[40], mas só a primeira é gramatical. O fato de uma frase ser gramatical não significa necessariamente que tenha sentido. O que Chomsky quer mostrar nesse momento é que não é possível uma definição de gramaticalidade com base na semântica. E não é à toa que é em um capítulo intitulado "The independence of grammar" que, discutindo a relação entre a sintaxe e a semântica, estabelece que tal relação só pode ser examinada se pensarmos a estrutura sintática de maneira independente.

---

38. CARROLL, L. *Alice's Adventures in Wonderland*. In: *The Complete Illustrated Works of Lewis Carroll*. Londres, Chancellor Press, 1989, p. 68. ["Alice ficou terrivelmente confusa. A observação do chapeleiro não parecia ter o menor sentido, embora fosse inglês, com certeza. 'Não entendo você muito bem', disse ela, o mais educadamente possível."]
39. CARROLL, L. *Sylvie and Bruno Concluded*. In: *The Complete Illustrated Works of Lewis Carroll*. Londres, Chancellor Press, 1989, p. 614. ["(...) Espero que você goste do jantar – tal como está e que você não se importe com o calor – tal como não está." A frase **soou** bem, mas, de certo modo, não pude entendê-la totalmente (...)"].
40. CHOMSKY, N. *Syntactic Structures*. The Hague. Mouton & Co.'S – Gravenhage, 1957, p. 15.

Outra das preocupações de Wittgenstein diz respeito à relação entre "o que uma coisa (qualidade, processo etc.) *é* e a maneira como é *chamada*"[41]. Uma das maneiras absurdas de se considerar essa questão – pensar que aquilo que uma coisa é realmente é totalmente diferente e independente do modo como é *chamada* – aparece mais de uma vez em Lewis Carroll, aponta Pitcher:

> "Well, then," the cat went on, "you see a dog growls when it's angry, and wags its tail when it's pleased. Now *I* growl when I'm pleased, and wag my tail when I'm angry. Therefore I'm mad."
> "*I* call it purring, not growling," said Alice.
> "Call it what you like," said the Cat."[42]

A arbitrariedade do signo é novamente tomada ao pé da letra numa discussão entre Alice e O Cavaleiro Branco em *Alice através do espelho:*

> "– (...) The name of the song is called *'Haddocks' Eyes'*."
> "Oh, that's the name of the song, is it?" Alice said, trying to feel interested.
> "No, you don't understand," the Knight said, looking a little vexed. "That's what the name is *called*. The name really *is* The Aged Aged Man."
> "Then I ought to have said 'That's what the song is *called*, you know!'"
> "Well, what *is* the song, then?," said Alice, who was by this time completely bewildered.
> "I was coming to that," the Knight said. "The song really *is* '*A – sitting On A Gate*: and the tune's my own invention."[43]

---

41. PITCHER, G. *Op. cit.*, p. 238.
42. CARROLL, L. *Alice's Adventures in Wonderland*. In: *The Complete Illustrated Works of Lewis Carroll*. Londres, Chancellor Press, 1989, p. 64. ["– Pois bem – explicou o Gato –, um cachorro rosna quando está com raiva e balança a cauda quando está contente, compreende? Enquanto eu rosno quando estou satisfeito e balanço a cauda quando estou com raiva, está entendendo? Portanto, eu sou louco. /– Não chamo isso rosnar, mas ronronar. /– Chame como quiser, – disse o Gato (...)." (Trad. de Sebastião Uchôa Leite.)]
43. *Id., ibid.*, p. 209. ["– (...) A canção é chamada *Olhos de eglefim*. /– Ah, é esse o nome da canção? – disse Alice, tentando interessar-se. /– Não, você não está

Wittgenstein reconhece a possibilidade de que alguém atribua significados bastante particulares às palavras, mas isso não quer dizer que fazê-lo seja realizar um ato mental particular. O argumento de Wittgenstein é contrário à idéia de que dizer é uma coisa e querer dizer (um ato mental ou um sentimento particular ou o que quer que seja) é outra[44]. Em Lewis Carroll, Alice, Humpty Dumpty, a Duquesa e a Lebre de Março tomam suas posições nessa disputa:

"– (...) There's glory for you!"
"I don't know what you mean by 'glory'," Alice said.
Humpty Dumpty smiled contemptuously. "Of course you don't – till I tell you. I meant 'There is a nice knock-down argument for you!'"
"But 'glory' doesn't mean 'a nice knock-down argument'," Alice objected.
"When *I* use a word," Humpty Dumpty said, in a rather scornful tone, "it means just what I choose it to mean – neither more nor less."
"The question is," said Alice, "whether you *can* make words mean so many different things."
"The question is," said Humpty Dumpty, "which is to be master – that's all."[45]

---

entendendo – disse o Cavaleiro, parecendo meio contrariado. – É assim que se chama o **nome** da canção. O nome verdadeiramente é *O homem velho, muito velho*. /– Então eu devia ter dito 'É assim que se chama a canção?' /– Não, não devia: isso é outra coisa. A **canção** se chama *Modos e meios*. Mas isso é só como ela **se chama**, veja bem!" /– Mas qual é a canção, afinal? – disse Alice, já completamente desnorteada. /– Já estava chegando ao ponto – disse o Cavaleiro. – A canção, verdadeiramente, é *Sentado sobre uma porteira*. A melodia fui eu mesmo que inventei." (Trad. de Sebastião Uchôa Leite.)]
    44. Cf. PITCHER, G. *Op. cit.*, pp. 242-4.
    45. CARROLL, L. *Alice's Adventures in Wonderland*. In: *The Complete Illustrated Works of Lewis Carroll*. Londres, Chancellor Press, 1989, p. 184. ["– (...) Eis a glória para você. /– Não sei bem o que o senhor entende por 'glória' – disse Alice. /Humpty Dumpty sorriu com desdém. – Claro que você não sabe, até eu lhe dizer. O que quero dizer é: 'eis aí um argumento arrasador para você.' /– Mas 'glória' não significa 'um argumento arrasador' objetou Alice. /– Quando uso uma palavra – disse Humpty Dumpty em tom escarninho –, ela significa exatamente aquilo que eu quero que signifique... nem mais nem menos. /– A questão – ponderou

"Take care of the sense, and the sounds will take care of themselves."[46]

"... You should say what you mean," the March Hare went on.
"I do," Alice hastily replied; "at least – at least I mean what I say – that's the same thing, you know."
"Not the same thing a bit!" said the Hatter. "Why, you might just as well say that 'I see what I eat' is the same thing as 'I eat what I see'!"
"You might just as well say," added the March Hare, "that 'I like what I get' is the same thing as 'I get what I like'!"[47]

Discutindo seus conceitos, Wittgenstein descreve mundos e situações no mínimo diferentes do comum: uma cadeira que aparece e desaparece, pessoas que mudam de tamanho, de formato, têm um comportamento aleatório, ou não externam sinais de dor[48]. Para Pitcher, o espírito de muitas situações em Lewis Carroll é wittgensteiniano, como no caso do Gato de Cheshire que aparece e desaparece ou da Rainha Branca que grita *antes* de ter espetado seu dedo ou mesmo do Outro Professor "ao explicar que a ação dos nervos é lenta em algumas pessoas":

"(...) I had a friend, once, that if you burnt him with a red-hot poker, it would take years and years before he felt it!"
"And if you only *pinched* him?," queried Sylvie.

---

Alice – é saber se o senhor pode fazer as palavras dizerem coisas diferentes. /– A questão – replicou Humpty Dumpty – é saber quem é que manda. É só isso." (Trad. de Sebastião Uchôa Leite.)]
46. *Id., ibid.*, p. 84. ["Cuide dos sentidos, e os sons cuidarão de si mesmos." (Trad. de Sebastião Uchôa Leite.)]
47. *Id., ibid.*, p. 67. ["– Então deve dizer o que pensa – continuou a Lebre de Março. /– Eu digo o que penso – apressou-se Alice a dizer. – Ou pelo menos... pelo menos penso o que digo... é a mesma coisa, não é? /– Não é a mesma coisa nem um pouco! – protestou o Chapeleiro. /– Seria o mesmo que dizer que 'Vejo o que como', é o mesmo que 'Como o que vejo'. /– Seria o mesmo que dizer – acrescentou a Lebre de Março que 'Gosto daquilo que consigo' é o mesmo que 'Consigo aquilo de que gosto.' (Trad. de Sebastião Uchôa Leite.)]
48. Cf., respectivamente, de Wittgenstein: *Investigações filosóficas*, seção 80, *The Blue and Brown Books*, p. 62 e *Investigações filosóficas*, seção 257.

"Then it would take even so much longer, of course. In fact, I doubt if the man *himself* would ever feel it, at all. His grandchildren might."[49]

Por fim, Pitcher apresenta o que chama de uma fragilidade humana particular, que é a maneira como nós "nos equivocamos (...) com a gramática de nossas expressões"[50]. Essas confusões e mal-entendidos "provocados, entre outras coisas, por certas analogias entre as formas de expressão em diferentes domínios da nossa linguagem"[51], Wittgenstein toma como uma tendência, aponta Pitcher: "Quando as palavras em nossa linguagem ordinária têm gramáticas análogas à primeira vista, tendemos a tentar interpretá-las de maneira análoga, isto é, tentamos fazer com que a analogia persista." Pitcher, com seus exemplos, vai mostrando como Lewis Carroll explora essas semelhanças e diferenças que nos iludem e cita, dos dois autores em questão, trechos que mostram formas de expressar – o tempo, ninguém, agora e hoje, entre outras coisas – responsáveis pelos mal-entendidos.

Enquanto Wittgenstein propõe que imaginemos uma língua em que fosse possível dizer "Encontrei o Sr. Ninguém na sala" (e preocupa-se com "os problemas filosóficos que surgiriam de uma convenção como essa"[52]), embora não seja exatamente uma convenção, essa possibilidade ocorre na conversa entre Alice, o Rei e o Mensageiro:

"(...) Just look along the road, and tell me if you can see either of them."
"I see nobody on the road," said Alice.

---

49. CARROLL, L. *Sylvie and Bruno*. In: *The Complete Illustrated Works of Lewis Carroll*. Londres, Chancellor Press, 1989, p. 324. ["Uma vez eu tive um amigo que, se você o queimasse com um ferro em brasa, levaria anos até que ele sentisse alguma coisa. /'E se você só o beliscasse?' Sylvie perguntou. /"Aí é que levaria mais tempo ainda, é claro. Na verdade, duvido que ele mesmo sentisse o beliscão realmente. Seus netos, provavelmente sim."]
50. WITTGENSTEIN, L. *Apud* PITCHER, G. *Op. cit.*, p. 245.
51. WITTGENSTEIN, L. *Investigações filosóficas*. Trad. de José Carlos Bruni, 2ª ed., São Paulo, Abril Cultural, 1979, p. 50.
52. WITTGENSTEIN, L. *The Blue and Brown Books*. *Apud* PITCHER, G. *Op. cit.*, p. 249.

"I only wish *I* had such eyes," the king remarked in a fretful tone. "To be able to see Nobody! And at that distance too! Why, it's as much as I can do to see real people, by this light!"[53]
"Who did you pass on the road?" the King went on holding out his hand to the Messenger for some hay.
"Nobody," said the Messenger.
"Quite right," said the King, "this young lady saw him too. So of course Nobody walks slower than you."
"I do my best," the Messenger said in a sullen tone. "I'm sure nobody walks much faster than I do!"
"He can't do that," said the King, "or else he'd have been here first."[54]

É do jogo entre a possibilidade e a impossibilidade da ocorrência de *ninguém* como nos diálogos acima que se valeu Ulisses para se livrar do gigante Polifemo, um ciclope que devorava estrangeiros. Respondendo ao ciclope que perguntara seu nome, Ulisses diz:

"(...) Meu nome é Ninguém. Minha mãe, meu pai, todos os meus companheiros me chamam Ninguém."[55]

Ao que Polifemo responde:

---

53. CARROLL, L. *Through the Looking Glass*. In: *The Complete Illustrated Works of Lewis Carroll*. Londres, Chancellor Press, 1989, p. 192. ["(...) Dê uma olhada na estrada e veja se pode avistar algum deles. /– Ninguém está vindo na estrada – disse Alice. /– Ah, só queria ter olhos assim – observou o Rei, em tom rabugento. – Capazes de ver Ninguém! E a tal distância! Ora, o máximo que consigo é ver alguém de verdade." (Trad. de Sebastião Uchôa Leite.)]
54. *Id.*, *ibid.*, pp. 193-4. ["– Por quem você passou pela estrada? – continuou o Rei, enquanto estendia a mão para o Mensageiro pedindo mais hortelã. /– Ninguém – respondeu o Mensageiro. /– Certo, certo – disse o Rei. – Esta jovem aqui também o viu. Sem dúvida Ninguém anda mais devagar do que você. /– Faço o que posso – disse o Mensageiro amuado. /– Estou certo de que ninguém anda mais depressa do que eu! /Não pode andar mais depressa – disse o Rei –, senão teria chegado aqui antes de você. (...)" (Trad. de Sebastião Uchôa Leite.)]
55. HOMERO. *Odisséia*. Intr. e notas de Méderic Dufour e Jean Raison. Trad. de Antônio Pinto de Carvalho. São Paulo, Abril, 1981, p. 87.

"Ninguém, serás o último a ser comido, depois de teus companheiros: sim, a todos comerei antes de ti: será esse meu presente de hospitalidade."⁵⁶

Depois de ter seu olho furado por Ulisses com uma estaca de oliveira incandescente, Polifemo chama aos gritos outros ciclopes, que querem saber:

"Que dor te oprime, Polifemo, e por que, em plena noite imortal, assim gritaste, a ponto de nos acordar? Será que um mortal, mau grado teu, te arrebata os rebanhos? Ou tentam matar-te por astúcia ou por violência?"⁵⁷

O diálogo que se segue entre Polifemo e os outros ciclopes salva Ulisses e seus companheiros, posto que os ciclopes vão embora, concluindo que ninguém molestava Polifemo:

"Amigos. Ninguém me está matando por astúcia; por violência, não." (...) "Se Ninguém te violenta e se estás só, quer dizer então que o grande Zeus te envia uma doença inevitável. Invoca, pois, nosso pai, o poderoso Posídon!"⁵⁸

Voltando aos exemplos de Pitcher, para Wittgenstein "*Agora* não é uma *especificação de tempo*, apesar das aparentes semelhanças entre *The sun sets at six o'clock* e *The sun is setting now*"⁵⁹ e, igualmente, "A palavra *hoje* não é uma data, mas não é nada semelhante também."⁶⁰

A Rainha Branca ignora (provavelmente de propósito) a advertência de Wittgenstein quando, querendo contratar Alice, oferece "dois pence por semana e doce todos os outros dias":

---

56. *Id.*, *ibid.*, p. 87.
57. *Id.*, *ibid.*, p. 87.
58. *Id.*, *ibid.*, p. 87.
59. WITTGENSTEIN, L. *The Blue and Brown Books. Apud* PITCHER, G. *Op. cit.*, p. 249.
60. *Id.*, *ibid.*, p. 249.

"– It's very good jam," said the Queen.
"Well I don't want any *to-day* at any rate."
"You couldn't have it if you *did* want it," the Queen said.
"The rule is, jam to-morrow and jam yesterday – but never *today*."
"It *must* come sometimes to 'jam to-day'," Alice objected.
"No, it can't," said the Queen. "It's jam every *other* day: today isn't any day, you know."
"I don't understand you," said Alice. "It's dreadfully confusing!"[61]

Durante todo o tempo, Alice é impotente perante o *nonsense* com que se depara e que ouve. Ela *nunca* vence, Pitcher aponta e acrescenta, por fim: "Como Alice, o filósofo é uma vítima impotente da loucura (o *non-sense*), até que, também como Alice, acorde, ou seja acordado, para a sanidade."[62]

\* \* \*

Resta dizer que o *nonsense* é um uso criativo da linguagem, muito embora inesperado, que, como vimos, ao mesmo tempo em que rompe com o limite da regra lingüística, desafiando-a, a incorpora. Rompe-se com a expectativa, palavras novas e mesmo outros mundos são criados. Esse certamente não é um exercício simples. É preciso um certo traquejo, pois o *nonsense* não é uma desorganização lingüística aleatória – as formas certas devem aparecer nos momentos certos. Como bem colocou Hart Crane, "é preciso estar mergulhado em palavras, literalmente encharcado, para que as palavras certas se

---

61. CARROLL, L. *Through the Looking Glass*. In: *The Complete Illustrated Works of Lewis Carroll*. Londres, Chancellor Press, 1989, pp. 170-1. ["É doce de muito boa qualidade – afirmou a Rainha. /– Bom, **hoje**, pelo menos, não estou querendo. /– Hoje você **não** poderia ter, nem pelo menos nem pelo mais – disse a Rainha. – A regra é: doce amanhã e doce ontem – e nunca doce hoje. /– Algumas vezes **tem** de ser 'doce hoje' – observou Alice. /– Não, não pode – disse a Rainha. – Tem de ser sempre doce todos os **outros** dias: ora, o dia de hoje não é **outro** dia qualquer, como você sabe. – Não estou entendendo nada – disse Alice. – Está horrivelmente confuso". (Trad. de Sebastião Uchôa Leite.)]
62. PITCHER, G. *Op.cit.*, p. 250.

coloquem nos lugares certos no momento certo (...)"⁶³. Assim, o que parece casual não o é.

Se, por um lado, o *nonsense* se dá exatamente porque buscamos sempre interpretações plausíveis para tudo, porque esperamos sempre encontrar, na linguagem, um sentido, por outro ir contra o sentido é uma tentação vertiginosa. Assim como o sentido o é, o *nonsense* também é constitutivo da linguagem. Bem o disse T. S. Eliot:

> "Words strain,
> Crack and sometimes break, under the burden,
> Under the tension, slip, slide, perish,
> Decay with imprecision, will not stay in place,
> Will not stay still."
>
> Eliot, T. S. *Burnt Norton*

---

63. *Apud* LIPTON, J. *An Exaltation of Larks. Or, the Venereal Game.* Nova York, Penguin Books, 1977.

# Leitura

> "*Act III*
> *Scene III*
> *A street.*
>
> *Enter Dogberry and Verges with the Watch.*
> *Dogb.* Are you good men and true?
> *Verg.* Yea, or else it were pity but they should suffer salvation, body and soul.
> *Dogb.* Nay, that were a punishment too good for them, if they should have any allegiance in them, being chosen for the prince's watch.
> *Verg.* Well, give them their charge, neighbour Dogberry.
> *Dogb.* First, who think you the most desartless man to be constable?
> *First Watch.* Hugh Otecake, sir, or George Seacole; for they can write and read.
> *Dogb.* Come hither, neighbour Seacole. God hath blessed you with a good name: to be a well-favoured man is the gift of fortune; but to write and read comes by nature.
> *Sec. Watch.* Both which, master constable,
> – *Dogb.* You have: I knew it would be your answer. Well, for your favour, sir, why, give God thanks, and make no boast of it; and for your writing and reading, let that appear when there is no need of such vanity. You are thought here to be the most senseless and fit man for the constable of the watch; therefore bear you the lantern. (...)"
>
> William Shakespeare, *Much Ado About Nothing*

Os estudos que tratam a questão da leitura oscilam basicamente entre dois pólos: o texto, como matéria lingüística, e o leitor. Em outras palavras, oscilam entre o que pode ser considerado produto e o que pode ser considerado processo.

Veremos que, como afirma Daniel Coste, "(...) a leitura tem normalmente toda a aparência de uma relação de forças (...) que varia conforme os textos, os leitores, as circunstâncias, o projeto de leitura, a duração do ato de ler (...)"[1]. Veremos ainda que a primazia de uma ou outra posição é mais difícil de ser levada a sério do que se supõe: é preciso não dar tanta importância àquilo que é exterior ao dizer – a referência – nem ao que é interior – a intenção. No primeiro caso, a linguagem não passaria de uma descrição, e no segundo de uma expressão. Seria sempre, digamos, algo de segunda mão e só se poderia falar de instrumento ou de produto, por exemplo, mas jamais de funcionamento ou de processo ou o que quer que seja que o *par* autor/leitor aciona. De fato, o leitor iria sempre em busca daquilo a que o texto se refere e/ou das intenções do autor, mas também sempre a partir de seu próprio referencial.

Entre os que consideram a primazia do material lingüístico, gostaríamos de iniciar com Sírio Possenti, dada a sua posição de que "falar em centralidade do texto não significa falar em exclusividade do texto"[2]. Essa posição torna-se interessante porque, ao considerar o texto como o elemento mais relevante de todos os envolvidos no processo da leitura, mostra justamente que há outros elementos a se considerar nesse processo. O texto, para ele, não é código, "porque a língua não o é (...). Mas o fundamental é que os elementos verbais têm uma história e são públicos e sociais, e que, se não são unívocos, nem por isso são amorfos, não se prestam a qualquer manipulação (....)"[3]. Para ele, "(…) o texto não é um conjunto amorfo de traços em relação ao qual o leitor pode fazer o que bem entender. Isto é, o texto impõe limites ao leitor, às leituras possíveis. Uma concepção discursiva de texto e de leitura supõe que jamais se lê um texto na sua qualidade de enunciado (produto), mas sempre na sua qualidade de discurso. O simples fato

---

1. COSTE, D. Leitura e competência comunicativa. *In*: GALVES, C. *O texto. Leitura e escrita.* Campinas, Pontes, 1988, p. 17.
2. POSSENTI, S. A leitura errada existe. *In*: *Estudos lingüísticos: Anais de seminários do GEL XIX*. Bauru, Unesp/GEL, 1990, p. 563.
3. POSSENTI, S. Ainda a leitura errada. *In*: *Estudos lingüísticos: Anais de seminários do GEL XX*. Franca, Unifran/Prefeitura Municipal de Franca/GEL, 1991, p. 717.

de ler impossibilita que o texto esteja aí como produto, já que ler é um processo"[4]. E se é processo, não é acabado.

Assim é que, para esse autor, "uma teoria da leitura não pode restringir-se ao leitor"[5]. Além disso, todos os elementos envolvidos numa teoria da leitura devem necessariamente ser tomados a partir do mesmo ponto de vista: "(...) será equivocado e pouco produtivo encarar o leitor de um ponto de vista discursivo e o texto de um ponto de vista estrutural. Ou encarar o leitor de um ponto de vista histórico e negar esta propriedade ao texto. Ou considerar as condições de leitura sem considerar as condições de produção (...)"[6]. Dessa maneira, para ele, "a questão relevante, no caso da leitura, é certamente a que pergunta pela contribuição dos vários ingredientes, e não a que recoloca a questão da origem"[7]. No entanto, esse autor é radical ao afirmar que "de todos os elementos envolvidos na leitura o mais relevante é o texto, isto é, o material lingüístico, ou verbal, que na literatura sobre discurso se qualifica em geral como produto, por oposição ao processo que é sua produção ou sua leitura"[8].

Embora radical, é uma posição como essa que na verdade abre caminho para que, mais adiante, possamos identificar no material lingüístico dos textos-resposta de provas, uma das maneiras de o *nonsense* se instaurar. *Pari passu*, veremos o quanto pesa o leitor na construção do sentido e, portanto, na leitura do *nonsense*.

Ocupam nessa discussão uma posição intermediária Charlotte Galves e Joanne Busnardo. Para as autoras, "o leitor procede por uma série de 'hipóteses internas', nas quais ele se

---

4. *Id., ibid.*, p. 717.
5. POSSENTI, S. A leitura errada existe. In: *Estudos lingüísticos: Anais de seminários do GEL XIX*. Bauru, Unesp/GEL, 1990, p. 561.
6. *Id., ibid.*, p. 561.
7. *Id., ibid.*, p. 564.
8. POSSENTI, S. Ainda a leitura errada. In: *Estudos lingüísticos: Anais de seminários do GEL XX*. Franca, Unifran/Prefeitura Municipal de Franca/GEL, 1991, p. 717.

apóia num conhecimento do discurso e da natureza da comunicação humana"[9]. O que o leitor espera do texto e, na verdade, busca é uma coerência interna: "(...) uma grande parte do trabalho do leitor é essencialmente o trabalho de relacionar as coisas, guiado pelo princípio da coerência: relaciona elementos de coesão que sinalizem as grandes linhas temáticas do texto; relaciona elementos de modalização e conectivos lógicos e retóricos para determinar grandes linhas de argumentação e atos de fala coerentes com o que ele percebe como o sentido global do texto; relaciona outros índices para determinar a quem atribuir argumentos, atitudes e opiniões dentro do texto"[10]. É essencial por parte do leitor uma posição ativa diante do texto. Para que seja possível "entrar" no texto, é preciso que mobilize seu conhecimento prévio e suas experiências.

Daniel Coste, como vimos, postula a necessidade de se considerar duas orientações na leitura: do signo ao sentido – orientação semasiológica – e do sentido ao signo – orientação onomasiológica. A leitura, numa orientação semasiológica, baseia-se na percepção e na interpretação dos elementos lingüísticos do texto. Já numa orientação onomasiológica, a leitura é apresentada "como se efetivando numa situação em que a pessoa, em função de um projeto que lhe é próprio, da maneira como aprecia as circunstâncias e as condições de troca (...) vai produzir uma leitura projetando sentido num texto e informando assim sua percepção e interpretação dos elementos e dos funcionamentos lingüísticos (...)"[11].

Na verdade, a impressão de que o peso do leitor no processo de leitura seria grande é desfeita quando Daniel Coste pergunta: "se toda leitura fosse sempre e somente do tipo onomasiológico, para que serviria ler?"[12] A resposta é ele também

---

9. GALVES, C. C.; BUSNARDO, J. Leitura em língua estrangeira e produção de texto em língua materna. *In: Redação e leitura. Anais do I Encontro Nacional de Professores de Redação e Leitura do 3º grau.* São Paulo, 1983. PUC-SP, p. 307.
10. *Id., ibid.*, p. 308.
11. COSTE, D. *Op. cit.*, p. 17.
12. *Id., ibid.*, p. 17.

quem dá: "se é justo afirmar que é o leitor que dá 'seu(s)' sentido(s) ao texto, só se deve fazê-lo mantendo-se a dupla referência tolerada sintaticamente para seu(s) sentido(s)"[13]. Em outras palavras, embora não enuncie desta maneira, é o texto como matéria lingüística que dá o tom da leitura. Trata-se, para ele, de um jogo entre uma abordagem global e uma leitura analítica. No entanto, o peso dado às questões lingüísticas fica claro na imagem que estabelece do "bom leitor":

"a) (...) teria se libertado dos hábitos escolares de uma leitura palavra por palavra (ou sílaba por sílaba)" (...) apreendendo "de um só lance os blocos gráficos mais importantes;
b) (...) não precisaria de intermediário sonoro (...) (leitura em voz alta [...]) seria capaz de estabelecer correspondências diretas entre significantes gráficos e sentidos;
c) (...) seria capaz de antecipar morfossintaticamente, lexicalmente, semanticamente e retoricamente o que vai ou pode seguir no fio do texto (...);
d) (...) disporia de estratégias de leitura (...);
e) (...) saberia 'deslinearizar' sua leitura para construir hipóteses sobre o sentido a partir de uma varredura do texto, de uma exploração que não se faria ao longo das linhas, mas permitiria uma coleta de índices para interpretar, podendo, em seguida, confrontar as hipóteses semânticas com outros elementos do texto, para confirmação, infirmação, ajuste, desenvolvimento, etc.;
f) (...) se utilizaria de um leque de modos de leitura de acordo com os textos (...) e os projetos que tem (...)"[14].

A leitura é um processo interativo entre um leitor e um texto. A escrita também o é, só que entre um escritor e um texto. Na verdade, todo o processo do discurso é uma interação complexa[15]. O papel do leitor minimiza-se na medida em que não

---

13. *Id., ibid.*, p. 17.
14. COSTE, D. *Op. cit.*, p. 19.
15. CARRELL, P. A View of Written Text as Communicative Interaction: Implications for Reading in a Second Language. *In*: DENIS, J.; CARRELL, P. & ESKEY, P. *Research in English as a 2nd Language*. Washington, Tesol, 1981, pp. 24-5.

inventa o sentido do texto: "(...) *participa* na construção de sentidos através da interação com o texto em vários níveis"[16]. A participação do leitor na construção do sentido também é considerada por Candlin e Saedi[17]. Para esses autores o processo discursivo do escritor é um processo de *elaboração* que resulta num texto. O leitor tem seu papel, mas seu trabalho com o texto seria um processo de *redução*. Na verdade, o processo de leitura também é um processo de elaboração. Encarar a leitura como um processo que reduz o texto é o mesmo que dizer que haveria um sentido maior, único talvez, mas dado por seu autor, sentido esse que prescindiria de qualquer leitor. Ler um texto, atribuir-lhe um sentido, seria reduzi-lo. Reduzi-lo seria necessariamente não atingir completamente seu sentido, seria chegar a um sentido menor.

A idéia de que a leitura pode reduzir o texto, empobrecê-lo, também é a idéia de Kleiman quando, num trabalho em que aborda estratégias de inferência lexical na leitura em segunda língua, afirma que seus alunos utilizaram "dois tipos de estratégias, de mascaramento (*avoidance*) e reajuste estrutural, ambas empobrecedoras do ponto de vista da compreensão"[18]. Evitar o desconhecido nem sempre resulta num empobrecimento do texto. Aliás, redução ou empobrecimento do texto implica a crença num texto maior ou mais rico, digamos assim. É esquecer que se pode chegar a leituras ou soluções corretas de certos trechos, ou suficientes, enfim, adequadas para o propósito de leitura que se tem.

É interessante observar, a esse respeito, as soluções encontradas pelos leitores do trecho abaixo (particularmente difícil se pensarmos nos itens lexicais provavelmente desconhecidos por esses leitores) quando perguntados: "A natureza caminha em direção à biodiversidade. De que maneira o estudo dos fósseis confirmaria essa afirmação?"

---

16. GALVES, C. C.; BUSNARDO, J. *Op. cit.*, p. 307.
17. *Apud* CARRELL, P. *Op. cit.*
18. KLEIMAN, A. *Leitura: ensino e pesquisa*. Campinas, Pontes, 1989, p. 122.

*"(...) Fossil records show that plants first appeared on the planet as two distinct species: reeds and grasses. Seen in cross-section, grasses developed round stems and reeds triangular ones. From such modest beginnings an infinite variety of plants, shrubs, trees and vines evolved and diversified, each adapting to quirks of climate and geography (...)."*

Evitar os trechos problemáticos, difíceis, nem sempre é empobrecer o texto de onde parte a leitura:

"Pelos fósseis, podemos observar que a aparição de plantas no planeta se deu por duas distintas espécies. A partir dessas duas espécies, surgiram infinitas variedades de plantas, muito diversificadas se adaptando ao clima e à geografia."

Neste exemplo, vemos que o que o leitor do trecho em questão fez, diante da tarefa que deveria cumprir, a de responder à pergunta colocada, foi evitar várias coisas, a saber: evitou especificar as duas espécies distintas citadas no texto – *reeds and grasses*; evitou toda a sentença que definia a evolução (diferente) de *reeds and grasses*, trecho iniciado por um particípio passado (forma nem sempre familiar para o leitor de língua inglesa do nível que se supõe ter o leitor de que tratamos) e que continha ainda uma elipse (do verbo *developed*) e um pronome (*ones*) cujo referente deveria ser buscado. *Plants, shrubs, trees and vines* resumiram-se ao genérico *plantas*, garantido pelo conhecimento de *plants* e de *trees*. *Shrubs* e *vines* foram, mais uma vez, evitados. Nosso leitor tratou de evitar ainda *quirks*, termo que, muito provavelmente, encontrava aí pela primeira vez. Mesmo assim sua leitura deste trecho não deixa a desejar. É preciso saber como evitar os trechos problemáticos. Os autores dos trechos que transcrevo a seguir deixam entrever, assim como o autor da resposta analisada acima, a maneira como evitaram o desconhecido sem que isso os impedisse de mostrar que responderam de forma ativa ao texto.

"Os fósseis mostram que no começo só existiam 2 espécies de plantas e elas foram se desenvolvendo, desenvolvendo até a imensa variedade que temos hoje."

"A natureza caminha em direção da biodiversidade pois, segundo o estudo dos fósseis, no início existiam já duas espécies distintas de plantas que originaram a grande variedade de espécies vegetais existentes atualmente."

"Os fósseis mostram que as primeiras plantas a aparecerem no planeta eram de duas distintas espécies e hoje a natureza apresenta variedades de plantas, árvores, que implica na biodiversidade da mesma."

"Pois o estudo afirma que primeiro apareceram 2 espécies distintas de plantas (*reeds and grasses*) e do cruzamento entre estas surgiu uma infinita variedade de plantas."

"O estudo dos fósseis mostra que as plantas, no início apareceram no planeta em duas espécies distintas. Desses dois simples tipos, outros surgiram se adaptando com os tipos de clima e posição geográfica; são infinitos tipos de plantas, árvores, enfim, uma diversidade grande de vegetais."

"O estudo dos fósseis confirmaria essa afirmação a partir do momento em que mostra que dessas espécies começaram a surgir uma infinita variedade de plantas, árvores e outras, cada uma adaptando-se ao clima e geografia."

"O estudo dos fósseis mostra que as plantas surgiram como duas espécies diferentes e foram, com o passar do tempo, se diversificando e se adaptando às diferentes condições ambientais."

Na verdade, os sentidos não são capitalizáveis – não é possível acumular os sentidos e reduzi-los a um sentido geral que pudesse ser o sentido do texto. Assim é que critérios como o de redução/empobrecimento e mesmo ampliação/enriquecimento do texto através de sua leitura são equivalentes em matéria de definição do que seria o processo da leitura. A noção de redução supõe uma passagem de algo maior para algo menor, no caso, de um *texto maior* para uma *leitura menor* e não considera o fato de que *maior* também seria produto do processo de leitura e não só do processo de produção, de escrita do texto, o que exigiria pensar a leitura como ampliação de algo menor para algo maior, ou seja, do *texto menor* para uma *leitura maior*.

Assim, se a leitura pode ser caracterizada pela redução, também pode sê-lo pela ampliação e tais conceitos se tornam inócuos para a compreensão do fenômeno. Melhor definição da caminhada do leitor nos dá o conceito de contrapalavra de M. Bakhtin. A contrapalavra é o próprio espaço de elaboração, de construção dos sentidos. O processo de compreensão de enunciados é, assim, além de *ativo, responsivo*. "Compreender", diz Bakhtin, "é opor à palavra do locutor uma *contrapalavra*"[19], é orientar-se em relação a uma enunciação, fazendo corresponder, "a cada palavra da enunciação que estamos em processo de compreender, (...) uma série de palavras nossas, formando uma réplica. Quanto mais numerosas e substanciais forem, mais profunda e real é a nossa compreensão"[20].

É nessa idéia de diálogo instituído entre interlocutores que reside a característica de atividade que tem a compreensão. Bakhtin volta a falar nessa atitude *responsiva ativa* do interlocutor frente à enunciação do outro, contrastando-a com a atitude passiva do *ouvinte* de Saussure, por exemplo, que *recebe* a fala do *locutor*. Reconhece que há graus nessa atividade[21] e lembra que é o próprio locutor que demanda essa atividade: "o que ele espera não é uma compreensão passiva que, por assim dizer, apenas duplicaria seu pensamento no espírito do outro, o que espera é uma resposta, uma concordância, uma adesão, uma objeção, uma execução. etc"[22]. Esse contraste se observa também em relação à teoria da comunicação no interior da qual cabe ao *receptor/destinatário* um papel meramente passivo.

Mas como "a significação não quer dizer nada em si mesma, (...) é apenas um *potencial*, uma possibilidade de significar no interior de um tema concreto"[23], é a noção de *tema* que devemos buscar aqui. O tema, distinto então da significação,

---

19. BAKHTIN, M. *Marxismo e filosofia da linguagem*. São Paulo, Hucitec, 1979, p. 118.
20. *Id., ibid.*, p. 117.
21. BAKHTIN, M. *Estética da criação verbal*. São Paulo, Martins Fontes, 1992, p. 290.
22. *Id., ibid.*, p. 291.
23. BAKHTIN, M. *Marxismo e filosofia da linguagem*. São Paulo, Hucitec, 1979, p. 117.

podendo inclusive realizar-se por meio de determinada entonação ou de determinados gestos, é "o estágio superior da capacidade lingüística de significar"[24]. O tema é concreto enquanto a significação é potencial. Assim, nossa réplica no processo de compreensão da enunciação do outro, as contrapalavras que cada uma de suas palavras suscita em nós buscam o tema do discurso. Por isso é inútil conhecermos ou atribuirmos significados a cada palavra isoladamente. Na verdade, mesmo uma atribuição de significados assim seria determinada pelo que apreendemos como sendo o tema do discurso. Assim, leituras diferentes são determinadas por compreensões diferentes do tema em questão.

Como processo interativo entre um leitor e um texto a leitura pode ser tratada em termos de competência comunicativa: "(...) um leitor que tenha competência comunicativa é aquele que pode entender o texto da maneira como o escritor queria que fosse entendido (...)"[25], afirma Williams. Embora reconheça essa situação como ideal – eu diria impossível –, continua, citando Widdowson: "(...) engajar-se no discurso é tentar encontrar maneiras de expressar proposições de forma que sejam entendidas"[26]. Ou seja, o autor que tem competência comunicativa conseguiria fazê-lo e, por sua vez, o leitor com tal competência entenderia as proposições da maneira como devem ser entendidas. Seria então, dessa perspectiva, o autor quem controla o sentido. Nem o texto, nem o leitor.

É na discussão da leitura de textos literários, que se estende certamente para a leitura de qualquer texto, que se encontra a atribuição máxima de responsabilidade ao leitor na leitura de um texto: o sentido de um texto só existe quando este é lido. É o leitor, diz Roland Barthes, e não o autor, que dá unidade ao texto. Tal unidade encontra-se, então, "não em sua origem mas em seu destino"[27]. A noção de texto de Roland Barthes ressalta

---

24. *Id.*, *ibid.*, p. 117.
25. WILLIAMS, E. Communicative Reading. *In*: JOHNSON, K. & PORTER, D. *Perspectives in Communicative Language*. Londres, Academic Press, 1993, p. 177.
26. WIDDOWSON, H. *Apud* WILLIAMS, E. *Op. cit.*, p. 178.
27. BARTHES, R. *Image, Music, Text.* Nova York. Hill and Wang, 1977. p. 148.

ainda mais o papel do leitor. Só se experimenta o texto – campo metodológico e não trabalho concreto – como atividade, como produção. "Enquanto o trabalho pode ser tomado nas mãos, o texto é tomado na linguagem: existe apenas como discurso."[28] O texto pede uma colaboração ativa por parte do leitor. O leitor, compara Barthes, faz com o texto o que o intérprete faz quando executa uma música, tornando-se co-autor. Stanley Fish vai mais longe quando diz que o sentido não se encontra nos textos (fixos e estáveis) e tampouco pertence aos leitores. Não há sentidos determinados. Estes seriam função de um sistema, diz ele. Os sentidos surgem através de comunidades interpretativas que acabam por determinar tanto as atividades de um leitor quanto os textos que essas atividades produzem, além de serem responsáveis também pelo aparecimento de características formais. As operações mentais que somos capazes de desenvolver encontram-se "limitadas pelas instituições nas quais estamos incrustados. Essas instituições precedem-nos e é apenas por tê-las em nós ou por nos ocuparem que temos acesso aos sentidos públicos e convencionais que criam"[29]. Há que se notar aqui, entretanto, que uma noção como essa, embora fortemente calcada na consideração do par leitor/texto, não permite que se perceba – porque não contempla o movimento de interpretação – a caminhada do sentido. Mesmo porque a consideração ao leitor aqui é pequena ou praticamente nula. Diante da pergunta *Do readers make meanings?*, a resposta, segundo Stanley Fish, pode ser um sonoro sim, mas pode ser também "(...) *meanings, in the form of culturally derived interpretive categories, make readers*"[30].

Voltemos agora ao ponto em que dizíamos que tanto escrever como ler são elaborar. O trabalho de elaboração discur-

---

28. BARTHES, R. From Work to Text. *In*: HARARI, J. V. (Ed.) *Textual Strategies, Perspectives in Post-Structuralist Criticism*. Ithaca, Nova York, Cornell University Press, 1979, p. 75.
29. FISH, S. How to Recognize a Poem When you See One. In: *Is There a Text in This Class? The Authority of Interpretive Communities*. Cambridge, Harvard University Press, 1980, p. 331.
30. *Id., ibid.*, p. 336.

siva da leitura torna-se evidente quando a leitura produzida não é aquela esperada oficialmente, quando não é aquela, mais do que esperada, permitida. Em *O queijo e os vermes – O cotidiano e as idéias de um moleiro perseguido pela Inquisição*, Carlo Ginzburg recupera a história, como diz o título do livro, de um moleiro de Friuli, norte da Itália, que sofreu dois processos de interrogatório pela Santa Inquisição, com intervalos de quinze anos entre eles, no final do século XVI. Tal história é resgatada com base na documentação desses dois processos e em outros documentos que dizem respeito às atividades econômicas do moleiro e a outros aspectos de sua vida, além de "algumas páginas escritas por ele mesmo e uma lista parcial de suas leituras (...)"[31]. Menocchio lê, tenta entender, comenta e questiona suas leituras, segundo testemunhas nos processos, em qualquer ocasião, sempre que pode, com os amigos, outros camponeses e com a família. Fato é que, depois do segundo processo, Menocchio foi condenado e morto. E foi sua leitura que o levou a isso. O trabalho de Ginzburg foi comparar os trechos dos livros mencionados pelo moleiro "com as conclusões às quais chegava (ou até mesmo o seu modo de referi-las aos juízes) (...)"[32]. Aí encontrava diferenças consideráveis e, conforme afirma, "qualquer tentativa de considerar esses livros 'fontes' no sentido mecânico do termo cai ante a agressiva originalidade da leitura de Menocchio"[33]. Essa originalidade era determinada não pelo texto mas pela memória do moleiro, por sua tradição de oralidade: "(...) foi o choque entre a página impressa e a cultura oral, *da qual era depositário*, que induziu Menocchio a formular – para si mesmo, em primeiro lugar, depois aos seus concidadãos e, por fim, aos juízes – as opiniões (...) [que] saíram da sua própria cabeça"[34]. Ginzburg chama de rede interpretativa o que, segundo ele, operava mais fortemen-

---

31. GINZBURG, C. *O queijo e os vermes. O cotidiano e as idéias de um moleiro perseguido pela Inquisição*. São Paulo, Cia. das Letras, 1987, p.16.
32. *Id., ibid.*, p. 88.
33. *Id., ibid.*, p. 88.
34. *Id., ibid.*, p. 88. (Grifo meu.)

te que o texto escrito quando Menocchio lia: "(...) a rede interpretativa era de longe mais importante que a 'fonte'. Mesmo se a interpretação de Menocchio partia do texto, suas raízes eram profundas"[35]. Suas posições, conforme relatadas aos inquisidores, não podem ser encontradas em um texto ou outro, mas isso não quer dizer em absoluto que não tenham também partido de lá. Segundo Ginzburg, o livro, o texto, para Menocchio não era incidental, um pretexto: "Ele mesmo [Menocchio] declarou (...) que pelo menos um livro o inquietava profundamente, levando-o, com suas afirmações inesperadas, a ter pensamentos novos."[36] A presença e importância do texto na memória de Menocchio e, portanto, na leitura que podia fazer é reafirmada: "(...) A torrente de perguntas que Menocchio colocava aos livros ia muito além da página escrita. Mas (...) a função do texto não era em absoluto secundária (...)."[37] E para corroborar essa posição Ginzburg retoma palavras do próprio Menocchio: "E *dali tirei* minha opinião de que, morto o corpo, a alma também morre (...)."[38] "É certo que, nessa relação do texto, página impressa, com sua cultura oral, Menocchio dava mais atenção a certos trechos em detrimento de outros e exagerava o significado de uma palavra, isolando-a do contexto, que agia sobre a memória de Menocchio deformando a sua leitura."[39] Ele fazia a leitura de que era capaz, através de referencial próprio. O camponês reelaborava. Seu trabalho de leitura, como elaboração discursiva, custou-lhe a vida. Assim como Menocchio, veremos, os autores dos trechos que estarão sob análise nesse trabalho justapõem "passagens diversas fazendo explodir analogias fulminantes"[40]. "Menocchio triturava e reelaborava suas leituras, indo muito além de qualquer modelo preestabelecido"[41], e isso é, guardadas as

---

35. *Id., ibid.,* p. 100.
36. *Id., ibid.,* p. 88.
37. *Id., ibid.,* p. 109.
38. *Id., ibid.,* p. 109.
39. *Id., ibid.,* p. 89.
40. *Id., ibid.,* p. 116.
41. *Id., ibid.,* p. 116.

devidas proporções, o mesmo que fazem tais autores. O que se dá é uma perda da referência, ou, nos termos de Bakhtin, afastamentos do que seria o tema do discurso (afastamentos que, veremos, podem se dar em maior ou menor grau). Há várias diferenças entre os casos que tento aproximar, é possível argumentar. Entre elas, há que se apontar que, no caso dos estudantes em questão, o que é estranho é o fato de que eles *não* lêem. O que é estranho em Menocchio é que *ele* lê e, dadas as circunstâncias, não é difícil aceitar o que ele faz em sua leitura. Quanto a nossos leitores, saídos do segundo grau, pode-se dizer que existe uma imagem do que eles deveriam ser capazes de fazer, uma expectativa a que não correspondem e, mais do que isso, não é óbvio que leiam *só* como conseguem.

E já que falamos em acusações e condenações, retomemos, mais uma vez, não por acaso, um trecho de *A leitura errada existe*: "Se você acredita que existem leituras erradas, pode também ser acusado de acreditar que só há uma leitura correta. Trata-se de outra inferência equivocada, pois o que se pode muito bem concluir é que se há algumas erradas, pode haver algumas corretas"[42]. Como definir os limites do equívoco? Ou, em outras palavras, haveria um critério para a detecção de uma leitura não autorizada pelo texto? É ainda o autor que citamos que aponta o caminho da resposta ao afirmar: "É evidentemente mais fácil detectar um equívoco de leitura do que listar as leituras adequadas possíveis de qualquer texto."[43] Seus exemplos mostram equívocos de leitura gerados pelos elementos textuais e extratextuais a que se apelou e mostram, principalmente, que o que é possível é dizer de uma leitura se ela é equivocada ou não, com base em vários fatores dentre os quais o central é o próprio texto. Este, por si, não prescinde dos demais fatores envolvidos, como leitor ou situação. Em resumo, para que admitamos a possibilidade de equívocos de leitura, para que admitamos que há um momento em que a leitura feita já

---

42. POSSENTI, S. A leitura errada existe. *In: Estudos lingüísticos: anais de seminários do GEL XIX*. Bauru, Unesp/GEL, 1990, p. 562.
43. *Id., ibid.*

ultrapassou os limites permitidos pelo texto ou, em outras palavras, está fora do universo de leituras possíveis daquele texto, é preciso encarar os elementos textuais como os de maior relevância neste processo, tal como fizemos aqui neste trabalho. Nem o próprio autor seria mais capaz de, digamos assim, controlar as possibilidades de leitura, ou sentido, que nos traz, por fim, a sensação de Paulo Rónai, expressa em seus comentários aos prefácios de *Tutaméia*. Se o autor tem intenções, elas são esquivas e nos levam a interpretações erradas:

"Quantas vezes mesmo nesta breve cabra-cega preliminar, terei passado ao lado das intenções esquivas do contista, quantas vezes as suas negaças me terão levado a interpretações erradas? Só poderia dizê-lo quem não mais o pode dizer; mas será que o diria?"[44]

---

44. RÓNAI, P. Os prefácios de Tutaméia. In: ROSA, G., *Tutaméia*. 4ª ed., Rio de Janeiro, José Olympio, 1976. Guimarães Rosa na verdade o disse, pelo menos na vasta correspondência que manteve com seu tradutor italiano, Edoardo Bizarri. [Ver: BIZARRI, E. *Correspondência de João Guimarães Rosa com o tradutor italiano*. São Paulo, Instituto Ítalo-Brasileiro, 1972.]

# Leitura em língua estrangeira

> "Aqueles que se gabam de ler letras cifradas são maiores charlatães que aqueles que se gabariam de ler uma língua que não aprenderam."
>
> Voltaire, *Dictionnaire Philosophique*.
> *Apud*, Jean Allouch. *Letra a letra*.

As dificuldades da leitura em uma língua estrangeira vão além das dificuldades da leitura em língua materna. Embora pareça óbvio, ou mesmo redundante, uma razão para isso é o fato de se tratar de uma outra língua, uma língua que não é nossa, enfim, uma língua estrangeira. As línguas são diferentes e as culturas são diferentes. A história dos povos que as falam é diferente. E tudo isso encontra-se fortemente representado nos textos. Considerando essas diferenças nas instituições peculiares a cada cultura, o que precisaríamos, nos termos de Stanley Fish, para a leitura em uma língua que não é a nossa, seria, de alguma forma, deslocarmo-nos de nossa comunidade interpretativa para podermos passar além das características formais dessa língua, determinadas por um sistema que, por sua vez, permite que surjam determinados sentidos e não outros.

Em relação ao ensino e à aprendizagem de uma língua estrangeira, já se falou nas vantagens desse momento em relação ao ensino e à aprendizagem da leitura em língua materna: os alunos em geral são mais velhos, já têm idéias mais desenvolvidas sobre o mundo e são capazes de proceder a inferências lógicas elaboradas a partir do texto. Afirma-se, inclusive, que seria possível tratar a questão do vocabulário como uma questão apenas de se lembrar de um segundo rótulo para um conceito bem entendido[1]. Mas a questão não é tão simples como parece e não se resume a problemas de vocabulário. Há que se considerar, no mínimo, diferenças sintáticas e discursivas também. Além disso, é na leitura em língua estrangeira que se evidenciam e se acentuam as tensões entre leitor e texto (como material lingüístico) no estabelecimento do sentido. "Se uma estratégia de leitura linear é ineficaz para a compreensão de textos escritos em língua materna, esta ineficácia é ainda mais evidenciada quando o aluno se confronta com um texto escrito em língua estrangeira", dizem Galves e Busnardo[2]. Na leitura em língua estrangeira a "mobilização de conhecimento e experiência prévios que facilite hipóteses de leitura"[3] é imprescindível e torna evidente o papel do leitor. Ser um bom leitor numa língua estrangeira pressupõe uma certa proficiência na língua em questão (além de pressupor também um certo percurso e uma certa capacidade de leitura em língua materna). Não há meio de se substituir o trabalho com a língua, já disse Eskey. Para este autor, "a língua é o maior problema na leitura em segunda língua e mesmo a adivinhação de significado resultante de instrução não substitui uma decodificação precisa"[4]. Essa idéia é confirmada por Daniel Coste quando afirma que na leitura em língua estrangeira as estratégias de leitura mais onomasiológicas parecem estar bloqueadas "porque as falhas se manifestam ao nível semasiológico mais elementar"[5]. Em um texto de Patrícia Carrell[6] há referências a pesquisas recentes em

---

1. GRABE, W. *Current Developments in Second Language Reading Research.* Tesol Quarterly, vol. 25, n. 3, outono, 1993, pp. 386-7.
2. GALVES, C. C.; BUSNARDO, J. *Op. cit.*, p. 305.
3. *Id., ibid.*, p. 306.
4. ESKEY, D. E. Holding in the Bottom: An Interactive Approach to the Language Problems of Second Language Readers. *In*: CARRELL, P. L.; DEVINE, J.; ESKEY, D. E. (Eds.). *Interactive Approach to Second Language Reading.* Cambridge, Cambridge University Press, 1988, p. 97.
5. COSTE, D. *Op. cit.*, p. 22.
6. CARRELL, P. L. Interactive Text Processing: Implications for ESL/Second Language Reading Classrooms. *In*: CARRELL, P.J.; DEVINE, D. E.; ESKEY, P. (Eds.). *Interactive Approaches to Second Language Reading.* Cambridge, Cambridge University Press, 1989, pp. 239-59.

leitura em língua estrangeira que abordam em última análise a questão da força do leitor e do texto no estabelecimento da compreensão. Essas pesquisas mostram, por um lado, que os leitores em segunda língua podem acabar se envolvendo "exclusivamente em processos baseados no texto em detrimento da compreensão"[7] e, por outro, que a causa de dificuldades em tal leitura é o apoio exagerado ou nos processos baseados no conhecimento prévio do leitor ou nos processos baseados no texto.

A tensão evidenciada entre o papel do leitor e o peso do texto na leitura em língua estrangeira é discutida também em um outro texto de P. Carrell, em que apresenta os sete padrões de textualidade propostos por de Beaugrande e Dressler, a saber: coesão, coerência, intencionalidade, aceitabilidade, informatividade, situacionalidade e intertextualidade[8]. Para esses autores, diz Carrell, o que torna um conjunto de sentenças um texto não está apenas nesse conjunto de sentenças. Constituir tal conjunto em texto é obra também do que fazemos com ele. Assim é que os padrões de textualidade dizem respeito ora ao

---

7. *Id., ibid.*, p. 239.
8. Mais explicitamente, temos:
– coesão: "(...) deve haver conexidade entre os elementos de superfície do texto";
– coerência: "(...) deve haver conexidade entre os conceitos e relações subjacentes ao texto";
– intencionalidade: "(...) é a atitude de quem produz o texto no sentido de que um texto coeso e coerente está sendo criado com algum objetivo";
– aceitabilidade: "(...) é a atitude correspondente da perspectiva do receptor do texto";
– informatividade "(...) é um indicador de quanto as ocorrências são improváveis ou imprevisíveis numa situação recuperável";
– situacionalidade: "(...) indica a razoabilidade das inferências feitas pelos usuários do texto, dependendo de seu conhecimento de suposições sobre a situação na qual o texto ocorre."
– intertextualidade: "(...) é o princípio pelo qual a produção ou compreensão de um dado texto depende de um conhecimento, de uma experiência com outros textos (outros textos específicos ou textos em geral)". (*Apud* CARRELL, P. L. A View of Written Text as Communicative Interaction: Implications for Reading in a Second Language. *In*: DENIS, J.; CARRELL, P. e ESKEY, P. *Research in English as a Second Language*. Tesol, Washington, 1981.)

conjunto de sentenças em questão, ora a princípios ou atitudes da parte do que chama "usuários do texto": os leitores. Paralelamente, a autora aponta para o fato de que apenas recentemente, ou seja, nos anos oitenta, é que se passou a pensar o processo de leitura em língua estrangeira, como de qualquer outra leitura, também como um processo ativo e, mais do que isso, como um processo interativo.

A tensão entre a força do leitor e a força do texto na leitura mostra-se na consideração que alguns autores fazem sobre o que seriam os bons leitores. Para Daniel Coste, entre outras coisas, como vimos, o bom leitor "(....) saberia 'deslinearizar' sua leitura para construir hipóteses sobre o sentido a partir de uma varredura do texto, de uma exploração que não se faria ao longo das linhas, mas permitiria uma coleta de índices para interpretar, podendo em seguida confrontar as hipóteses semânticas com outros elementos do texto, para confirmação, infirmação, ajuste, desenvolvimento, etc... [9]. Vemos aí o leitor trabalhando no texto. Bons leitores, diz Rumelhart, são "bons decodificadores e bons intérpretes de textos, sendo que a capacidade que têm para decodificar se torna mais automática, mas não menos importante, à medida que sua habilidade de leitura se desenvolve (...)"[10]. E continua: "(...) acredito que a simples decodificação da língua tem um grande papel no processo; acredito que a boa leitura é uma questão muito mais estruturada pela língua do que a metáfora da adivinhação parece implicar"[11]. É esse conhecimento da língua que faz com que o leitor formado, se é possível chamá-lo assim, apresente o que se reconhece como fluência na leitura. O leitor fluente, para David Eskey, é aquele que se caracteriza tanto por um reconhecimento rápido do material lingüístico envolvido na leitura como por estratégias de compreensão de níveis de cognição mais altos. O trabalho de identificar rapidamente e de maneira precisa formas gramaticais e lexicais não é obstáculo a ser superado, mas

---

9. COSTE, D. *Op. cit.*, p. 19.
10. RUMELHART, 1977. *Apud* ESKEY, D. E. *Op. cit.*, p. 94.
11. ESKEY, D. E. *Op. cit.*, p. 94.

uma habilidade a ser desenvolvida e dominada "como um meio necessário para eliminar grande parte do trabalho de adivinhação da leitura"[12].

Por outro lado, o trabalho de adivinhação com base no material disponível é fundamental quando se trata de leitores em formação, especialmente de leitores em língua estrangeira. Eu diria que a decodificação torna-se especialmente importante quando se trata de leitura em uma língua estrangeira e, ainda, devido ao pouco conhecimento da língua em questão, trata-se, muitas vezes, muito mais de *decifrar* do que de *decodificar*. A língua não é código e, por isso, parece até mais adequado, quando se trata de leitura, o uso de decifrar e não de decodificar. Decifrar é ler, explicar ou interpretar, é compreender, revelar e é também, atenção, adivinhar[13]. Muitas vezes o trabalho do leitor se assemelha ao trabalho de decifração das línguas, que já foi, inclusive, comparada por H. J. Störig a *Tales of Ratiocination*, denominação de Edgar Allan Poe para "histórias que solucionam seu enigma trilhando o caminho da reflexão e da dedução racionais, lógicas"[14]. Uma dessas histórias, sem dúvida bastante conhecida, é a história da decifração da Pedra da Roseta.

---

12. *Id., ibid.*, p. 98.
13. **Decodificar**. [ De *de-* + *codificar.*] *V. t. d. Teor. Com.* Fazer operação inversa à de codificar. (...). **Codificar**. [Do fr. *codifier*] *V. t. d.* 1. Reunir em código (...). 2. Reduzir a código (...). 3. Transformar em códice; reunir, coligir, compilar (...). 4. *Teor. Com.* Transformar, recorrendo a um código, uma mensagem original numa seqüência de sinais adequados à transmissão em determinado canal. (...). **Decifrar**. [De *de –* + *cifrar.*] *V. t. d.* 1. Ler, explicar ou interpretar (o que está escrito em cifra, ou mal escrito): *decifrar um hieróglifo; decifrar uma carta.* 2. Compreender, revelar: *A ciência busca decifrar os mistérios do Universo.* 3. Adivinhar, prever, *decifrar o futuro.* 4. Compreender o gênio, as tendências, os sentimentos de: *Personalidade estranha, é muito difícil decifrá-lo.* 5. Traduzir, verter (trecho difícil, ou considerado por alguém como tal): *Como se arranjarão os estrangeiros para decifrar certas passagens de Guimarães Rosa? Entregou-lhe o texto em inglês para obrigá-lo a decifrar o português.* 6. Ler à primeira vista (música). (FERREIRA, A. B. de H. *Novo dicionário da língua portuguesa*, Rio de Janeiro, Nova Fronteira, /s.d/).
14. STÖRIG, H. J. *A aventura das línguas. Uma viagem através da história dos idiomas do mundo.* São Paulo, Melhoramentos, 1990.

A Pedra, um bloco de basalto preto, foi encontrada no Egito, próximo do delta oeste do rio Nilo, em 1799, por arqueólogos franceses que acompanhavam Napoleão em sua tentativa de bloquear a passagem dos ingleses para a Índia. Com 1 m de altura, 70 cm de largura e 30 cm de espessura, apresenta as seguintes inscrições: "acima, 14 linhas em hieróglifos antigos, faltando os inícios e finais das linhas; abaixo, 32 linhas, em parte ilegíveis pela ação do tempo, na escrita denominada demótica, conhecida pela pesquisa a partir de papiros egípcios (mas que não podia ser lida, e embaixo dela, 54 linhas em escrita grega e em língua grega, metade delas destruída no final das linhas"[15].

Decifrou-a Jean François Champollion, e seu sucesso deveu-se a uma abordagem intertextual: "Champollion compreende um texto a partir de outros, mas também descobre no texto um conjunto de regularidades que o iguala aos já conhecidos."[16] Trata-se de um procedimento intertextual na medida em que lê *considerando* outros textos e não a partir de outros[17].

Antes de Champollion, trabalhou para decifrar a Pedra da Roseta Thomas Young, a partir do seguinte princípio: "Procure no texto grego os nomes próprios (...) e em seguida procure a correspondência no texto demótico."[18] Acontece que se fiou demasiado na possibilidade de correspondências, supondo-as por toda a parte, e acontece que "o texto demótico não representava uma tradução exata do grego, mas sim uma adaptação livre"[19]. Além disso, mesmo que o fosse, não existiriam tais correspondências, uma vez que as diferenças entre as línguas são diversas e de diversas naturezas. Para citar apenas uma, já as diferenças no nível sintático seriam fatais para o princípio de Thomas Young.

---

15. STÖRIG, H. J. *Op. cit.*, p. 14.
16. POSSENTI, S. Ainda a leitura errada. In: *Estudos lingüísticos: Anais de seminários do GEL XX*. Franca, Unifran/Prefeitura Municipal de Franca/GEL, 1991. pp. 717-24.
17. *Id., ibid.*, pp. 723-4.
18. STÖRIG, H. J. *Op. cit.*, pp. 17.
19. *Id., ibid.*, p. 17.

Interessante é observar que esse princípio de busca de correspondências a partir do que é conhecido, supondo-se uma semelhança, pelo menos sintática, entre as línguas, é a base da leitura em muitos dos casos que mostraremos aqui. Como Thomas Young, fracassam. E o resultado desse fracasso é um dos fatores que permitem a leitura *nonsense* dos trechos em questão. Já se disse que a "compreensão do material escrito é um problema tanto de língua como de leitura"[20]. Eu diria de outra forma: a leitura é tanto um problema de língua como um problema de compreensão do material escrito (aqui, duplamente considerado – trata-se ora da leitura do material escrito/trechos em inglês, ora da leitura do material escrito/respostas a perguntas sobre esses textos em português). Este é, como vimos, o contexto do que analisamos aqui.

---

20. BRAGA, D. B. & BUSNARDO, J. Metacognition and Foreign Language Reading: Fostering Awareness of Linguistic Form and Cognitive Process in the Teaching of Language Through Text. *In: Lenguas Modernas 20* (1993), 129-49. Universidad de Chile, p. 136.

# O *nonsense* e a construção do sentido

> "(...) What is made manifest through nonsense is form, procedure."
>
> Susan Stewart, *Nonsense*

> "K. (...) But wherefore use a word which hath no meaning?
> P. Mylord, the word is said, for it hath passed my lips, and all the powers upon this earth cannot unsay it."
>
> Lewis Carroll, *A Quotation From Shakespeare with Slight Improvements*

O que fiz para os propósitos deste trabalho foi tomar, no conjunto das construções sem sentido[1], o *nonsense*, noção do campo da literatura, para utilizá-la em uma análise lingüística. Os textos analisados beiram o *nonsense* na leitura que se faz deles, ora por sua escrita, ora pela leitura que deixam entrever.

No entanto – poder-se-ia começar perguntando – é possível garantir que haja, por parte dos autores dos trechos em questão, intenção de transgredir, de desafiar, seja a ordem, seja o sentido, intenção essa constitutiva do texto *nonsense* e tão cara a ele? O problema nesses trechos não estaria muito mais em uma falta de habilidade com a escrita, em uma falta de habilidade

---

1. Nesse conjunto estariam paradoxos, inversões, algumas ambigüidades e até, por exemplo, um processo chamado *nesting*, que pode ser visto em ficções que repetem a si mesmas ou mesmo em objetos: "(...) uma caixa, uma boneca ou um conjunto de cestas que contém outra caixa, outra boneca ou outro conjunto de cestas. Dentro dessa caixa, boneca ou conjunto de cestas, há outra caixa, outra boneca ou outro conjunto de cestas, e assim por diante. O movimento que criam pode ser 'para dentro' ou 'para fora' mas é sempre em direção ao infinito. Outro desses fenômenos é o chamado *medley*. Neste caso, ao invés de adição ao infinito de elementos, o que se tem é uma combinação dentro de um limite – é uma mistura de coisas ou de pessoas completamente diferentes, é uma colcha de várias cores ou mesmo uma peça de música 'que consiste de partes incongruentes'". (Cf. STEWART, S. *Nonsense. Aspects of Intertextuality in Folklore and Literature.* Johns Hopkins, Baltimore, 1982, pp. 123 e 173.)

de leitura, em uma falta de habilidade para uma reelaboração discursiva por parte desses autores, muito mais do que em uma intenção de transgressão? Essas questões são centrais aqui, ao lado de uma outra, igualmente crucial, já colocada anteriormente: de quem é o *nonsense* aqui? O texto do aluno *torna-se nonsense* na leitura que se faz agora dele e na relação que mantém com o texto e/ou com a pergunta que o geraram. Na relação com o texto, o *nonsense* se estabelece também pelo viés do desconhecimento da língua em que o texto que deveria ser lido vem escrito, no caso, a língua inglesa: por vezes são construções inteiras e por vezes são apenas palavras isoladas que por não serem identificadas, conhecidas, lidas ou, ao contrário, justamente por serem identificadas, geram o *nonsense*: o desconhecido *pede* para ser ludibriado e o conhecido *atrai* e faz com que se parta dele somente. Como vimos, Patricia Carrell já apontou o fato de que os leitores em uma segunda língua "podem se envolver exclusivamente em processamentos baseados no texto em detrimento da compreensão"[2].

A questão continua sendo onde se instala o *nonsense* aqui. Os textos-resposta que estão sob análise se apresentam, conforme a proposta da prova de que fazem parte, como leituras dos trechos em língua inglesa que lá se encontram. Seria a resposta, tal qual foi redigida, um documento – único – da leitura que foi feita? Essas respostas se apresentam como leituras, o que poderia nos levar a pensar que é à leitura que denunciam que nos referimos. No entanto, por um lado, a bem da verdade, da leitura que foi feita não há documento algum, mas por ou-

---

2. CARRELL, P. L. Interactive Text Processing Implications for ESL/Second Language Reading Classrooms. *In*: CARRELL, P.; DEVINE, J.; ESKEY, D. E. (Eds.) *Interactive Approaches to Second Language Reading*. Cambridge, Cambridge University Press, 1989, pp. 239-59. Há ainda um outro texto de Patricia Carrell em que a autora descreve pesquisas recentes em segunda língua que tratam do assunto. (Cf. CARRELL, P. L. Three Components of Background Knowledge in Reading Comprehension. *Language Learning.* 33(2):183-207, 1983 e CARRELL, P. L. & WALLACE. Background Knowledge: Context and Familiarity in Reading Comprehension. *In*: *On TESOL '82*, M. Clarke & J. Handscombe (Eds.), 295-308. Washington, D.C.: TESOL. *Apud* CARRELL, P. L. *Op. cit.*, p. 239.)

tro, há indícios de uma leitura, indícios estes que devo justamente levantar aqui. Impõe-se, assim, a este trabalho um paradigma indiciário do tipo recuperado por Ginzburg em trabalhos interpretativos que se baseiam no que parecem ser apenas resíduos. "Se a realidade é opaca, existem zonas privilegiadas – sinais, indícios – que permitem decifrá-la"[3], observa Carlo Ginzburg em *Sinais – Raízes de um paradigma indiciário*. Neste texto, um dos capítulos de *Mitos, emblemas, sinais – Morfologia e história*, o historiador "chama atenção para o fato de que um modelo epistemológico fundado no detalhe, no resíduo, no episódico, no singular, já havia emergido silenciosamente no âmbito das chamadas ciências humanas no final do século XIX (...)"[4]. Giovanni Morelli, diz Ginzburg, elaborou um método através do qual era possível o restabelecimento da autoria incorretamente atribuída a diversos quadros nos principais museus da Europa na época. Para tal, era preciso "*não se basear*, como normalmente se faz, em características mais vistosas (...) dos quadros (...). Pelo contrário, é necessário examinar os pormenores mais negligenciáveis e menos influenciados pelas características da escola a que o autor pertencia: os lóbulos das orelhas, as unhas, as formas dos dedos das mãos e dos pés"[5]. Tal método nos é particularmente caro por tratar de questões de ordem filológica, assim como, aponta o próprio Ginzburg, o de Sherlock Holmes, que dá solução aos casos através de procedimentos igualmente indiciários, métodos com base sempre em "indícios imperceptíveis para a maioria"[6]. Trata-se, na analogia entre Morelli e Conan Doyle, como Ginzburg aponta numa nota, de muito mais que um paralelismo: Ginz-

---

3. GINZBURG, C. *Mitos, emblemas, sinais. Morfologia e história.* Trad. Federico Carotti. São Paulo, Cia. das Letras, 1989. p. 177.
4. ABAURRE, M. B. M. *et alii*. O caráter singular das operações de refacção nos textos representativos do início da aquisição da escrita. In: *Estudos lingüísticos: anais de seminários do GEL XXIV*. Ribeirão Preto, UNAERP/GEL, 1995, pp. 76-84.
5. GINZBURG, C. *Mitos, emblemas, sinais. Morfologia e história.* Trad. Federico Carotti. São Paulo, Cia. das Letras, 1989, p. 144. (Grifo meu.)
6. *Id.*, *ibid.*, p. 145.

burg levanta dados que mostram um conhecimento entre Morelli e um tio de Arthur Conan Doyle, Henry Doyle, pintor e crítico de arte. Uma segunda analogia apontada manifesta-se entre os métodos de Morelli e Freud. Ginzburg chega a atribuir a Morelli "um papel especial na formação da psicanálise"[7], documentando o que afirma.

Sua conclusão é muito clara: "Nos três casos, pistas talvez infinitesimais permitem captar uma realidade mais profunda, de outra forma inatingível. Pistas: mais precisamente, sintomas (no caso de Freud), indícios (no caso de Sherlock Holmes), signos pictóricos (no caso de Morelli)."[8]

Voltando à análise feita aqui, repetimos, ela baseia-se justamente na busca de características particulares dos trechos sob análise, trechos que indicariam a leitura feita de trechos outros. Há aí indícios, como nos casos a serem resolvidos por Sherlock Holmes, dos procedimentos adotados pelos leitores em questão. Quem se instala no paradigma e faz a partir daí sua análise ou, em outras palavras, quem adota uma postura que se inscreve em tal paradigma é, no caso, o analista: no caso presente, o leitor das respostas em questão. Ou seja, se o texto é ou não *nonsense* é uma decisão a ser tomada por quem o lê. No limite, essa afirmação vale até mesmo para aqueles textos construídos com o propósito de serem lidos como *nonsense*. Em nossos dados não houve esse investimento, mas, dadas as circunstâncias, o que resulta em sua leitura é o mesmo efeito ou um efeito muito próximo.

O *nonsense* estabelece-se portanto na leitura que se faz dessas respostas. É aí que se cria uma expectativa em relação ao tema discursivo em questão, nos termos de Bakhtin, e que se vê, ao mesmo tempo, essa expectativa quebrada. Cada contrapalavra colocada pelos autores dos trechos em questão choca-se com nossa expectativa e, assim, a significação desses trechos torna-se *nonsense*. Como vimos, leituras diferentes são

---

7. *Id.*, *ibid.*, p. 148.
8. *Id.*, *ibid.*, p. 150.

determinadas por apreensões diferentes do tema discursivo em questão. Conforme a direção tomada pelos autores desses trechos em relação ao que lêem, às vezes, conforme escolhas mesmo, o desvio do tema discursivo que detectamos será em maior ou menor grau. Assim, os trechos analisados aproximam-se mais ou menos de textos *nonsense*, podendo por vezes chegar até a serem encarados como pares de trechos de Lewis Carroll e mesmo de Wittgenstein, quando estabelecem mundos em que os fatos mais banais da natureza são ignorados e em que as pessoas agem de maneira estranhíssima. É justamente a percepção dessa gradação que deixa entrever o caminho, a busca do sentido de um leitor, caminho este agora trilhado por um outro leitor.

Antes de apresentarmos a análise feita cabe lembrar que as questões colocadas a respeito dos textos são filtros fortes da leitura nos casos apresentados aqui. Vale notar a presença da questão por meio de seu enunciado muitas vezes repetido quase literalmente nas respostas:

### AUTHOR'S INTRODUCTION TO THE STANDARD NOVELS EDITION

The publishers of the Standard Novels, in selecting *Frankenstein* for one of the series, expressed a wish that I should furnish them with some account of the origin of the story. I am the more willing to comply, because I shall thus give a general answer to the question, so very frequently asked me, "How I, then a young girl, came to think of and to dilate upon so very hideous an idea?" It is true that I am very averse to bringing myself forward in print; but as my account will only appear as an appendage to a former production, and as it will be confined to such topics as have connexion with my authorship alone, I can scarcely accuse myself of a personal intrusion.

It is not singular that, as a daughter of two persons of distinguished literary celebrity, I should very early in life have thought of writing. As a child I scribbled; and my favourite pastime during the hours given me for recreation was to 'write' stories. Still, I had a dearer pleasure than this, which was the formation of castles in the air – the indulging in waking dreams – the following up trains of thought, which had for their subject the formation of a succession of imaginary incidents. My dreams were at once more fantastic and agreeable than my writings. In the latter I was a closer imitator – rather doing as others had done than putting down the suggestions of my own mind. What I wrote was intended at least for one eye – my childhood's companion and friend; but my dreams were all my own; I accounted for them to nobody; they were my refuge when annoyed – my dearest pleasure when free.

I lived principally in the country as a girl, and passed a considerable time in Scotland. I made occasional visits to the more picturesque parts; but my habitual residence was on the blank and dreary northern shores of the Tay, near Dundee. Blank and dreary on retrospection I call them; they were not so to me then. They were the aerie of freedom and the pleasant region where unheeded I could commune with creatures of my fancy. (...)

(Shelley, Mary. *Frankenstein*. In: Fairclough, Peter. *Three Gothic Novels*, Penguin Books. 1986.)

[1994]

Questão: O que levou a autora a aceitar o pedido dos editores para que falasse sobre as origens de *Frankenstein*?

"O que levou a escritora a atender o pedido dos editores foi o fato de que falaram que quando eram crianças tinham curiosidade de saber de onde Frankenstein veio."

Questão: Por que Mary Shelley acha natural o fato de ter se interessado por escrever histórias desde criança?

"Mary Shelley acha natural o fato de ter se interessado em escrever histórias de crianças, porque quando era criança o seu passatempo era ficar inventando e escrevendo histórias."

"Mary Shelley acha natural o fato de ter se interessado por escrever histórias desde criança porque desde criança ela gostava de contar histórias vindas de seus sonhos da sua imaginação."

Veremos a repetição apontada, prática que possivelmente tem sua origem na escola, em vários outros exemplos que aparecerão aqui. Veremos também que a presença forte da questão na leitura feita mostra o quanto é determinante da percepção do tema discursivo. Ela também não impede a leitura *nonsense*, pelo contrário, em muitos casos a determina.

Colabora ainda para o surgimento desses trechos a disposição para responder às questões colocadas, disposição que, muitas vezes, caracteriza a maneira como o autor – lembramos, um candidato a um exame vestibular – se relaciona com essa prova, parte de um exame discursivo. Percebe-se que o candidato não quer deixar campos de respostas em branco numa tentativa de, com qualquer resposta, convencer seu leitor (no caso o corretor dessas provas) de que sabe ou de que leu alguma coisa. Ser prolixo torna-se sinônimo de desempenhar-se num exame que exige respostas discursivas.

O fato de as respostas serem dadas em português, língua materna dos candidatos, favorece, digamos assim, o aparecimento dessas respostas que têm o efeito de *nonsense*, propicia o espaço para o *nonsense*. O mesmo não ocorreria, provavelmente, se as respostas viessem redigidas em inglês, dada a diferença de proficiência desses candidatos, pelo menos da grande maioria, em uma língua e outra. Tendo que responder em uma língua estrangeira em que não se é proficiente, a possibilidade de devaneio ou mesmo de jogo gramatical ou lexical – proposital ou não – seria menor.

Isto posto, tracemos o caminho do *nonsense*. Como no caso de Menocchio, a originalidade do texto que indica a leitura não é determinada pelo texto lido. As posições de Menocchio, como vimos, não podem ser encontradas nos textos que lia, embora partam de lá. Esses textos são seu pretexto. Da mesma maneira, as leituras que encontramos aqui partem do texto, mas são determinadas pelo tema discursivo apreendido. Farei, em minha análise, em minha leitura, a leitura que Ginzburg fez: estarei comparando as respostas que tenho com os textos de onde teriam supostamente partido. Há trechos que têm um sentido em si, mas são *nonsense* se confrontados com o texto que gerou essa leitura e outros que são, por si só, *nonsense*, ou seja, basta sua leitura para a detecção do *nonsense*.

Uma palavra sobre o trecho retirado da introdução de Mary Shelley a uma das edições de seus romances, trecho reproduzido acima: o texto e o conjunto de questões elaboradas a seu respeito sobressaem na prova de que fizeram parte por sua dificuldade, ou em outras palavras, por sua exigência. Sem dúvida, o vocabulário e algumas das construções sintáticas do texto de Mary Shelley não são trabalhados no segundo grau em geral, que, lembramos, não trabalha rotineiramente com leitura em língua estrangeira. No entanto é um texto assim, juntamente com as questões formuladas a respeito dele, que, por um lado, permite algum desempenho por parte de quem só teve contato com a língua inglesa na escola e, em geral, está longe da proficiência e, por outro, permite discriminar os que dominam a língua e que são, além disso, bons leitores. Dada a complexidade do texto, as questões foram apresentadas de forma a organizar a leitura para o candidato, procedimento que já mostrou resultados: as questões seguem a organização da argumentação em parágrafos. Para responder a respeito do fato de Mary Shelley ter aceito o pedido de seus editores era preciso apenas o entendimento de que esse pedido vinha ao encontro de um desejo seu, ou seja, a leitura de que ela queria mesmo esclarecer a origem de Frankenstein, ou ainda o entendimento de que não gostava de falar sobre si mesma mas, como iria falar de tópicos relacionados a uma produção anterior e a sua vida profissional, aceitara o pedido dos editores. A questão da curiosidade das pessoas a respeito do assunto também seria aceita como resposta (embora menos valorizada). Para a leitura do trecho que tratava do fato de Mary Shelley achar natural ter se interessado por escrever histórias desde criança, o leitor deveria necessariamente conhecer *daughter*. O resto do vocabulário envolvido nesse trecho também era bastante simples, como por exemplo, *life*, *have tought*, *very early*, *two persons* etc. Daí para a frente, para a leitura do trecho, tratava-se de recuperar a dificuldade de *it is not singular that* (...), o que era dado, digamos assim, no enunciado da questão e de trabalhar a construção *adjetivo + adjetivo + nome* em *distinguished literary celebrity*. A questão, que exigia a leitura do último parágrafo do texto, ou seja, a que perguntava pelos sentimentos de Mary Shelley quando menina em relação à costa da Escócia, lugar onde morava, exigia bastante do leitor. Localizar esse trecho não era tarefa difícil. A questão falava em sentimentos da autora quando menina e aí é que estava toda a dificuldade. Tais sentimentos vêm expressos no texto por uma afirmação e uma posterior negação de seus sentimentos em relação à costa da Escócia na época em que escreve. A chave para a compreensão desse movimento está em *retrospection*, na identificação de *them* como sendo o lugar onde morou (*northern shores of the Tay, near Dundee*), na compreensão de *then* como se referindo à época em que morou lá, ou seja, quando menina, e na recuperação de *so* como *blank and dreary*, em *they were not so to me then*. Aí o raciocínio era: seus sentimentos em relação a esse lugar eram de que não era *blank and dreary*. Mesmo que não se soubesse o significado de qualquer um desses dois termos, o trecho seguinte (que começa afirmando *they were* continha *freedom* e *pleasant region*, que garantiam a possibilidade da leitura apontada).

Dado esse percurso de leitura, voltemos aos descaminhos.
Por que Mary Shelley acharia natural o fato de se ter interessado por escrever histórias desde criança?, pergunta-se. A resposta

> "Porque quando criança sua babá favorita passava horas dizendo para me divertir contando histórias."

originou-se provavelmente na leitura de um trecho do segundo parágrafo do texto em inglês: *As a child I scribbled; and my favourite pastime during the hours given me for recreation was to 'write stories'*.
É possível buscar a origem dos trechos seguintes da mesma maneira:

Questão: O que levou a autora a aceitar o pedido dos editores para que falasse sobre as origens de *Frankenstein*?

> "Ela aceitou o pedido pois sempre achou as origens de Frankenstein estranhas, sendo que ela formulou suas dúvidas a

respeito, ela formulava tópicos e usou de sua imaginação, acabando sendo uma personagem intrusa na história."⁹

Há, no primeiro parágrafo, menção a questões formuladas pela própria autora e há, inclusive, a enunciação da pergunta feita freqüentemente a ela, só que em primeira pessoa. Acrescentou-se a isso *topics*, que aparece no final do parágrafo, e *personal intrusion* acabou virando *personagem intrusa*.

Questão: Durante sua infância, Mary Shelley morou na costa da Escócia. Quais seus sentimentos de menina em relação a esse lugar?

"Que carteiras e escrivaninhas são como ela, digo, são como ela chama, na retrospectiva, as áreas de liberdade e região de sossego onde ela podia conviver com criaturas de sua imaginação."

"A Costa Escocesa lhe traz lembranças de um tempo que ela desenvolvia constantes visitas a muitas festas (picturesque parts). Na costa escocesa ela se "comunicava com criaturas estranhas. Ela não possui muita admiração pela Costa da Escócia pois ela prefere a sua França como ela mesma afirma."

Na primeira das duas respostas transcritas acima, *blank and dreary* é que deram origem a *carteiras e escrivaninhas* (por, talvez, "aproximação", ou ligeira lembrança de *desk*). Já na segunda resposta, é interessante a indicação por parte do próprio leitor, em dúvida quanto a sua leitura, da origem da mesma ao acrescentar *picturesque parts* entre parênteses. O que se segue é uma mistura geral a partir de *creatures* e de *fancy*.

\* \* \*

---

9. Não está em questão aqui a qualidade do material escrito no que diz respeito a itens como ortografia, pontuação e concordância. Apenas eventualmente serão considerados esses aspectos, isto é, quando um equívoco aí parecer proposital e estiver contribuindo para que se instale o *nonsense*.

A invenção de textos-outros, o estabelecimento de um certo tema discursivo em detrimento de outros são determinados muitas vezes pela recuperação no texto apenas de alguns itens lexicais. É o caso, por exemplo, da identificação de *Grandfather* e de *Dutch* nos próximos dois trechos. Quanto a *Grandfather*, que aparece no trecho retirado do conto *Snow*, de Robert Olen Butler, sua tarefa era simples: *clock* é certamente conhecido. Uma possível dificuldade seria a leitura do comparativo *as... as*, mas a identificação de *Grandfather* pelos autores dos trechos abaixo passa por outros caminhos: passa pela leitura da razão pela qual os vietnamitas teriam dado esse nome ao relógio em questão. Assim, a leitura de quem seria *Grandfather* passa por Mr. Cohen, por um avô, passa pelo tempo, pelo sonho, pela solidão, pela morte.

### SNOW

I wonder how long he watched me sleeping. I still wonder that. He sat and he did not wake me to ask about his carry-out order. Did he watch my eyes move as I dreamed? When I finally knew he was there and I turned to look at him. I could not make out his whole face at once. His head turned a little to the side. His beard was neatly trimmed, but the jaw it covered was long and its curve was like a sampan sail and it held my eyes the way a sail always did when I saw one on the sea. Then I raised my eyes and looked at his nose. I am Vietnamese, you know, and we have a different sense of proportions. Our noses are small and his was long and it also curved, gently, a reminder of his jaw, which I looked at again. His beard was dark gray, like he'd crawled out of a charcoal kiln. I make these comparisons to things from my country and village, but it is only to clearly say what this face was like. It is not that he reminded me of home. That was the farthest thing from my mind when I first saw Mr. Cohen. And I must have stared at him in those first moments with a strange look because when his face turned full to me and I could finally lift my gaze to his eyes, his eyebrows made a little jump like he was asking me, What is it? What's wrong?

I was at this same table before the big window at the front of the restaurant. The Plantation Hunan does not look like a restaurant, though. No one would give it a name like that unless it really was an old plantation house. It's very large and full of antiques. It's quiet right now. Not even five, and I can hear the big clock – I had never seen one till I came here. No one in Vietnam has a clock as tall as a man. Time isn't as important as that in Vietnam. But the clock here is very tall and they call it Grandfather, which I like, and Grandfather is ticking very slowly right now, and he wants me to fall asleep again. But I won't.

> (Butler, Robert Olen. *A Good Scent from a Strange Mountain.* Penguin Books. 1993.)
> [1994]

Questão: Quem é *Grandfather*?

"Segundo o narrador, "Granfather é o nome que os americanos dão ao relógio. Isto porque ele confundiu Mr. Cohen com um relógio."

"Grandfather é o avô que constantemente era chamado pelos vietnamistas."

"Grandfather é o avô do menino que conta a história, nesta história o menino conta com orgulho os 'feitos do avô'."

"Uma pessoa antiga de seu povo."

"Grandfather era o seu sonho, enfim, era o tempo que ele comparou e colocou o relógio."

"O 'Grandfather' era a solidão."

"Grandfather apresenta a morte no texto, que traria uma grande paz e levaria as pessoas à um sono tranqüilo. E é somente com a chamada da morte que se dará importância ao tempo."

O texto seguinte é um folheto promocional de uma editora. No folheto há uma resenha do livro *Between Prohibition and Legalization: The Dutch Experiment in Drug Policy*, que trata da política de combate às drogas adotada pela Holanda.

Para responder às perguntas colocadas nosso leitor deveria ter, além do conhecimento lingüístico necessário, experiência em leitura de textos argumentativos para acompanhar os movimentos do argumento desenvolvido. As duas posições apresentadas na resenha, a da Holanda e a dos demais países, são conflitantes, cabendo também à Holanda uma falsa imagem no contexto internacional de combate às drogas. O debate que surge passa a girar em torno de questões éticas. A leitura pedida com as questões exige que o leitor se atenha ao texto, concorde ou não com as posições explicitadas. O autor da resenha apresenta inicialmente a falsa imagem da Holanda no contexto internacional para, em seguida, apresentar a postura real, ou seja, uma política baseada em critérios sociais e não criminais. Para perceber essa mudança o leitor tem que recuperar a expressão *these misconceptions*, referente à falsa imagem, e atribuir um significado a *unlike virtually all other nations* e a *rather than*. Apesar de o trecho em questão apresentar um número considerável de palavras de origem latina, faz-se necessário que nosso candidato resolva as expressões citadas, tarefa que exige que seja um bom leitor e um bom leitor da língua inglesa. A expressão *in line with this philosophy*, referente à postura holandesa explicitada anteriormente no texto, introduz as medidas tomadas pela Holanda para a efetivação da política adotada e esclarece o mal-entendido que gera a falsa imagem. Para a leitura do trecho que responderia à questão que pergunta pelas diferenças entre as idéias apresentadas no livro e a política exercida pelas instituições internacionais de combate à droga, nosso leitor deveria ser capaz de ler os marcadores de oposição do segundo parágrafo (*although* e *despite*) e localizar outras informações no terceiro parágrafo, que traz outra vez a expressão *rather than*, marcando a oposição dos critérios adotados.

 Tudo isso torna-se virtual na leitura que passa pela identificação de *Dutch* como alguém, ou alguma coisa, um experimento talvez, leitura possibilitada ou, em última análise, permitida pela leitura do trecho *These misconceptions have flourished because the Dutch* (...). Logo a seguir vinha uma vírgula, que garantia uma elipse que não é absolutamente lida. Vejam-se agora as respostas relativas ao texto a seguir:

New in the series
STUDIES ON CRIME AND JUSTICE

**BETWEEN PROHIBITION AND LEGALIZATION**

**THE DUTCH EXPERIMENT IN DRUG POLICY**

*BETWEEN PROHIBITION AND LEGALIZATION*

*THE DUTCH EXPERIMENT IN DRUG POLICY*

edited by Ed. Leuw and I. Haen Marshall

1994. XVI and 335 pages with 6 figures and 13 tables.
Paperbound. ISBN 90 6299 103 3
Dutch Guilders 85.00 / US$ 47.50

**K** *KUGLER PUBLICATIONS*
Amsterdam / New York
P.O. Box 11188
NL-1001 GD Amsterdam
The Netherlands
[1995]

Over the last decade, The Netherlands – and in particular Amsterdam – has developed a quite inaccurate reputation internationally as a drugs haven, a narcotics nirvana where drug addicts are welcome, drug dealers are treated no differently than other independent entrepreneurs and hard drugs themselves are furnished free of charge by the government. These misconceptions have flourished in part because the Dutch, unlike virtually all other nations, have consistently opted for a pragmatic rather than prohibitionist drug policy in the firm conviction that repressive modes of drug control do more to aggravate than ameliorate drug problems. In line with this philosophy, use and small scale dealing of soft drugs, marijuana and hashish have been decriminalized. 'Coffee-shops' are allowed to sell limited amount of cannabis.

Although in terms of epidemiology, social conflict, drug-related crime and public health the Dutch "experiment' compares favorably within the western world – and despite the fact the Dutch drug policy is fully in line with international practices against wholesale drugs – continuous pressure for more conformity in home policy is exerted on the Dutch government by international drug policy institutions. This book reverses the issue and poses the question: would not the Dutch 'harm reduction' strategy be a suitable model for other societies?

Written by authors with a long-standing knowledge of Dutch drug policy, the articles in this book, taken together, offer a complete overview of the Dutch attempt to stop drug use and trafficking by applying social rather than criminal criteria and applications and suggest intriguing policy alternatives to nations which are losing their 'war on drugs'.

**OTHER BOOKS IN THIS SERIES**
*STUDIES ON THE DUTCH PRISON SYSTEM*
*JUVENILE DELINQUENCY IN THE NETHERLANDS*

P.O. Box 1498
New York, NY 10009-9998
U.S.A.

Questão: O que levou o governo holandês a adotar sua atual postura em relação ao combate às drogas?

"A concepção de Dutch em conscientizar a nação a optar pela não utilização das drogas (...)."

"O governo holandês baseou-se na prisão de Dutch."

"Isso aconteceu em parte por causa do Dutch."

"A firme convicção de Dutch de que o controle do uso de drogas agrava ainda mais o problema."

"O Dutch."

"Um experimento (Dutch) unido virtualmente a todas outras nações. Consistia em obter programas de combate as drogas, com uma firme de polícia que reproduzia o moldes contra prática e uso de drogas."

Questão: Em que as idéias apresentadas no livro estão em desacordo com a política exercida pelas demais instituições internacionais de combate às drogas?

"O livro vai contra todas as idéias de Dutch."

"O Dutch compara seu país, favoravelmente a outros, quanto à epidemiologias, conflitos sociais, crimes de drogas, e saúde pública e esclarece o fato de sua política de drogas estar inteiramente em linha com o controle internacional praticado contra traficantes de drogas."

\* \* \*

A leitura *nonsense* é determinada também pela tentativa de emprego de uma linguagem de cunho científico, o que dá o tom de seriedade, de veracidade. *Parece* que algo está dito, quando na verdade *nada* foi dito. O tema do texto é aprendido de tal forma que determina uma necessidade de emprego de uma linguagem pseudocientífica e é isso que orienta a redação do trecho-resposta, como nos exemplos a seguir, que partiram da leitura de *Paper and the Ecology, New Material May be Harder than Diamond* e *Lightning*. O texto *Paper and the Ecology* apareceu originalmente na capa de um caderno feito com papel reciclado. Dada essa informação ao leitor, entre outras questões, perguntou-se qual era a relação entre o clima e o crescimento das florestas, matéria do item um da lista de seis itens que terminam com a chamada: *Help save a tree – buy recycled products*. O raciocínio é todo baseado em números, não só no item um. Se apenas passarmos os olhos rapidamente pelos seis itens notaremos isso. As respostas abaixo seguem essa linha:

Paper and the Ecology

1. In temperate climates a forest only grows on average up to one tonne of wood per annum per acre and less than half to a third of that in the colder Northern Forests of Scandinavia and Canada.
2. Worldwide consumption is now over 170 million tonnes per annum. The developed Western Countries consume 74% almost 126 million tonnes of which the USA alone uses half.
3. World consumption per minute is now equal to all the trees being cut down in over 25.000 square metres of 60 year old forest and that goes on every minute 24 hours per day, every day.
4. Every tonne of recycled paper saves over 17 trees.
5. Every tonne of recycled paper saves over 5.000 kilowatt hours of electricity.
6. The recycled paper manufacturing process creates more jobs.

**HELP SAVE A TREE. BUY RECYCLED PRODUCTS.**

[1991]

Questão: Qual a relação entre o clima e o crescimento das florestas?

"No clima temperado uma floresta cresce em média somente uma tonelada de madeira por ano por acre, sendo metade da terça parte do crescimento das florestas de clima mais frio da Escandinávia e Canadá."
"Total, pois se a floresta não esta num clima bom o seu crescimento será inferior da metade do crescimento anterior."
"O clima frio permite que a massa das árvores aumentem uma tonelada por ano num acre de terra, logo isso permite um crescimento nas árvores."

Ao contrário do que o leitor podia esperar, a ordem das questões formuladas a respeito do texto *New Material May be Harder than Diamond* não acompanhava a organização textual, o que levava o candidato a proceder a uma leitura do texto inteiro, e não apenas de partes dele que pudessem responder às questões. Seu tamanho permitiu questões de naturezas diversas. As que nos interessam primeiramente são as que perguntam pela relação entre o nitreto de silício e o diamante e a que pergunta sobre o que deverá ser alterado caso se confirme a dureza esperada para o novo material, possibilidade já mencionada no título do texto. A resposta à primeira dessas duas questões implicava a percepção, na leitura, de que a relação pedida ficava estabelecida, pela expressão *rivaling* (último parágrafo, décima segunda linha), além da atribuição de um significado a essa mesma expressão. A explicação introduzida por *because* e por outra comparação – *like diamond* (décima terceira linha, último parágrafo) poderia também servir de apoio para que o candidato percebesse a relação que a questão pedia que fosse explicitada. Em outras palavras, poderia ajudar no exercício de leitura proposto. Tal exercício baseava-se principalmente na atribuição ou inferência de significados e, nesse contexto, *almost* também se constituía em palavra-chave. As considerações so-

*O nonsense e a construção do sentido* • **73**

bre a escala de Mohs e o novo material, feitas no parágrafo seis, é que respondiam à outra das duas questões que estão em pauta aqui. O leitor deveria levar em conta a definição da escala de Mohs apresentada no início do parágrafo, a explicação sobre como o valor de dureza é atribuído a um material e sobre como o diamante entra nessa escala para, depois, considerando o *but*, responder a questão. Para tal era preciso atribuir significados a *scratch*, *to be scratched* e *withstand*. A resposta estava na segunda idéia introduzida pelo *but* mas para chegar até ela era preciso que o leitor recuperasse *proves able to scratch diamond*, referindo-se à primeira idéia, apresentada antes do *but: the hardness number of a substance depends on its ability to scratch or to be scratched by other substances, and up to now, nothing was known that could withstand scratching by diamond.*

## NEW MATERIAL MAY BE HARDER THAN DIAMOND
### By Malcom W. Browne

The hardness of diamond, like the speed of light, has long been regarded as an absolute – a value that could never be exceeded. But four years ago, theorists calculated that it might be possible to combine carbon and nitrogen atoms in a substance even harder than diamond, and now, at last, such a substance may have been created.

The new material, a blend of carbon and nitrogen atoms with the formula beta-C3N4, was synthesized by scientists at Harvard University under the direction of Dr. Charles M. Lieber. Announcing their success in the current issue of the journal *Science*, they said the carbon nitride they had prepared had all the molecular structural characteristics predicted for an ultrahard substance. But because the material is in the form of a very thin film containing many microscopic discontinuities, it has not yet been possible to test its hardness or ability to conduct heat.

The very compact and robust molecular structure of the carbon nitride prepared at Harvard has been verified by probing it with an electron beam and other techniques. The material is expected to have many of the same properties as diamond, and may be substancially harder.

"It scratches glass, of course, but we have not yet been able to test its absolute hardness", Dr. Lieber said in an interview. "What's really exciting about this work is that the experimental results were accurately predicted by theoretical work in 1989 by Dr. Marvin L. Cohen of the Lawrence Berkeley Laboratory at Berkeley, Calif. Usually theory follows experiment, but this time it was the other way around."

Dr. Lieber and his colleagues believe ultrahard carbon nitride film could find many industrial applications, including ultrahard coatings for machine tools and glass windshields. Thin diamond films increasingly are used in such applications already. "It remains to be seen whether carbon nitride is better than diamond film in these applications. Much will depend on cost and ease of applications", Dr. Lieber said. In any case, Harvard has applied for a patent for the process.

The traditional Mohs scale assigns numbers ranging from one to 10 as measures of hardness, with talc the softest, as 1, and diamond, the hardest, as 10. The hardness number of a substance depends on its ability to scratch or to be scratched by other substances, and up to now, nothing was known that could withstand scratching by diamond. But the Mohs scale will have to be extended if carbon nitride, as expected, proves able to scratch diamond.

The theoretical birth of beta-C3N4 ocurred at Lawrence Berkeley Laboratory four years ago as the result of a series of calculations based on quantum mechanics. Dr. Cohen and his student, Amy L. Liu, calculated that it would be possible to combine carbon and nitrogen atoms in the same kind of pattern as an existing compound: silicon nitride. Silicon nitride has a hardness almost rivaling that of diamond because, like diamond, the electronic bonds between its constituent atoms are extremely short. The Berkeley calculations revealed that if an analogue of silicon nitride could be synthesized – carbon nitride – its electronic bonds would be even shorter than those in diamond, and that carbon nitride should therefore be as hard or harder than diamond.

*(The New York Times,*
Tuesday, July 20, 1993)

[1994]

Questão: Qual a relação entre o nitreto de silício e o diamante, mencionada no último parágrafo?

"Que ambas possuem átomos que são extremamente raros."

"A relação é que o nitreto de silício era muito parecido com o diamante, era constituinte dos átomos extremamente duros. O que os diferenciava era a síntese dos mesmos, que tornava o silício + duro, era o carbono."

Questão: O que deverá ser alterado caso fique comprovada a dureza esperada para o nitreto de carbono?

"Se os cálculos comprovarem a dureza do nitreto de carbono os pesquisadores passarão a sintetizar o nitreto de silício em nitreto de carbono o que proporcionará uma maior semelhança em termos de dureza com o 'diamante real'."

"Ficará comprovado que o nitreto de carbono é a substância mais dura existente na terra. Mais dura que o mais duro dos diamantes."

"Os materiais serão substituídos pelo nitreto de carbono."

*Lightning*, assim como o texto anterior *New Material May Be Harder Than Diamond*, são exemplos típicos de textos de vulgarização científica; assim, não é à toa que muitas das respostas às questões feitas para sua leitura acabem guardando do original apenas o seu tom discursivo. A discussão se concentra nas mortes causadas por raios e as estatísticas indicam que esse número tem diminuído consideravelmente. O relato dessas estatísticas inclui anos (1960, 1890, 1800) e número de pessoas (20 pessoas, 95 pessoas, 300 mortes). Esses números são sem dúvida recuperados, mas sem qualquer fidelidade entre a quantidade e o que está sendo quantificado. A explicação para essas estatísticas, alvo de outra pergunta, também sofre do mesmo mal, assim como a explicitação da relação entre a freqüência das tempestades e o número de mortes causadas por raios atualmente.

# Lightning

### Derek Elsom

LIGHTNING KILLS because it is a high voltage electric current. It lasts for only a short time, but it can shock, burn and otherwise damage a human body. Yet although lightning has not changed, you are now far less likely to be killed by it than ever before. Official statistics for England and Wales indicate that the number of people killed by direct lightning strikes each year has fallen dramatically. Since 1960, lightning has killed an average of only five people each year, compared with 20 people per year in the late 1800s. In the US, lightning strikes now kill about 95 people each year, down from around 300 deaths per year in the 1890s.

Why is lightning now less of a killer? Thunderstorms are not less frequent: there are between about 1500 and 2000 thunderstorms throughout the world at any moment, with lightning strikes about 6000 times every minute. The change in people's occupations in Britain and the US helps to explain the decline in casualties. Because lightning usually seeks out the highest object, tall or isolated trees, telegraph poles and exposed hills tops are dangerous places to be in a thunderstorm. There are now far fewer people who work outdoors, especially in farming: farm labourers were once the prime target for lightning. In towns and cities people are protected by tall buildings and structures that conduct electricity more readily than human body. Today, people enjoying themselves out-of-doors such as fellwalkers and golfers seem to face the greatest risk. Water sports are specially dangerous. Men are at higher risk than women. Since 1852, when the authorities began to collect data systematically, nearly 1800 people have been killed by lightning in England and Wales. Of these, only 15 per cent were women. So, because more men have outdoor jobs and play outdoor sports, they are six times more likely to be killed by lightning in Britain as women. In some developing countries, where a higher proportion of women work outdoors, this figure may be reversed.

Lightning kills people directly or by striking nearby trees or the ground.

The hazards are greater around trees, especially if they stand alone.

When lightning strikes a tree or the ground, it creates large voltage gradients on the ground surface as the current propagates outward. If you are standing nearby, this can cause a momentary difference of several thousand volts between your feet, which may induce a fatal surge of current through your body. The wider apart your feet, the greater and more dangerous the current. Four-legged animals, whose legs span a great distance, experience a greater voltage gradient. Many die because of this effect. So, in a thunderstorm, you should avoid lying flat on the ground as this increases the difference in voltage along your body if lightning strikes nearby. Keeping your feet together and crouching as low as possible with your hands on your knees is the best advice.

(...)

*New Scientist* **24 June 1989**

[1991]

Questão: Que dados estatísticos justificam sua resposta à pergunta anterior? (A pergunta anterior era: qual a tendência geral apontada pelas estatísticas com relação ao número de mortes causadas por raios?)

"Em 1960, morreram 20 pessoas de 1800 feridos, no ano seguinte 300 pessoas morreram de 1890 feridos."

Questão: Qual a explicação apresentada no texto para as estatísticas?

"A explicação se dá porque há grande número de tempestades no mundo, há aproximadamente 1500 a 2000 tempestades espalhadas por todos os momentos no mundo."

"A explicação é que em 1960, morriam 5 pessoas por ano atingidas por raios e hoje morrem cerca de 300 pessoas por ano."

Questão: Qual a relação entre a freqüência das tempestades e o número de mortes causadas por raios atualmente?

"Numa tempestade de 1500 a 2000 trovões de escutamos, saem 6000 raios por minuto e as pessoas não podem se protejer, pois os raios são casuais."

Havia, ainda a respeito de *Lightning*, outras questões que não envolviam tantos números, mas que geraram, igualmente, um discurso pseudocientífico. A primeira das duas respostas ao pedido de duas situações de risco de morte provocada por raios, transcritas abaixo, originou-se muito provavelmente na leitura de (...) *isolated trees, telegraph poles* (...). A hipótese de um raio ser mais prejudicial se a pessoa estiver sozinha foi lida em *the hazards are greater around trees, especially if they stand alone*.

Questão: Cite duas situações de risco de morte provocada por raios.

"Manuseiando telégrafo e isolante térmico."

"1º Quando o raio atinge a pessoa diretamente. 2º Quando o raio atinge o chão ou árvores próximas as pessoas, criando um gradiente de voltagem. É mais prejudicial ainda se a pessoa estiver sozinha."

Quanto a ser melhor ser quadrúpede ou bípede diante da ameaça de um raio, as respostas dadas falam por si:

Questão: Para escapar aos raios, é mais vantajoso ser quadrúpede ou bípede? Por quê?

"É mais vantajoso ser bípede pois quanto mais pernas e mais afastadas elas são maior a carga elétrica recebida."

"Os anonimals Quadrupedes, porque pular a grandes distancias, muito morreram por causa desse fato."

"Para escapar, é mais vantajoso ser bípede. Porque na tempestade, bípede pode deitar e quadrúpede pode dar mais distância. Podem morrer por causa deste efeito."

"É mais vantajoso ser quadrúpede, porque as pernas alcançam uma grande distância e resistem a uma grande voltagem."

"Para escapar aos raios é mais vantajoso ser bípede, porque a distância entre os braços e as pernas pode ser mais facilmente alterada, tornando simples a aproximação entre eles o que proteje a pessoa contra o raio. Enquanto que para os quadrúpedes isso é praticamente impossível."

"Quadrúpede. Porque além dos quadrúpedes serem mais ágeis, velozes e experientes, a descarga é dividida nos 4 pés, enquanto no bípede é apenas dividido nos dois pés."

"ser quadrupete pois assim conterá uma forma menos ponteaguda e será menor então atrairá menos raios."

"Para escapar de raios é mais vantajoso ser quadrúpede, por que quando um animal é atingido por um raio, este atinge duas de suas patas, atravessa o corpo e volta para a terra. Já o homem é atingido por um raio que vai para as mãos, não voltando a terra."

"Quadrúpede, devido a maior estatura."

"É mais vantajoso ser quadrúpede porque geralmente, os raios atingem os pontos mais altos e entre um homem e um animal, o homem certamente seria atingido."

"É mais vantajoso ser quadrúpede porque a altura de um quadrúpede e menor que a de um bípede de mesmo porte e por isso diminuem os riscos de se tomar um raio na cabeça."

"É mais vantajoso ser bípede, pois os quadrúpedes são maiores, o que possibilitará uma porcentagem maior de serem atingidos."

"Para escapar dos raios é mais vantajoso ser quadrúpede, porque conseguem correr mais, à grandes distâncias."

"bípedes, porque os quadrúpedes sofrem o efeito dos raios à menos distância."

"Ser quadrúpede, pois há uma momentânea diferença entre a intensidade da corrente nas patas o que diminue a incidência fatal sobre o corpo."

"Quadrúpede. Porquê devido a maior distância entre os pés desses animais em comparação aos bípedes que por essa pequena distância uma descarga muito maior devido a grande diferença ao contrário dos quadrúpedes."

Há trechos que são compreensíveis, se é que se pode dizer assim, em termos gramaticais, embora não o sejam em termos de significado devido a escolhas lexicais que apenas carregam semelhanças com as palavras cujos lugares tomam – não saber o significado das palavras permite dar a elas um uso qualquer, o uso que se quer. Isso se dá tanto na leitura dos textos em inglês como na redação das respostas em português. É o caso do emprego da palavra *traições* em uma resposta à última questão mencionada:

"Ser um quadrúpede, porque os animais são imunes a algumas traições que o homem não é, normalmente vivem na mata e as árvores afastam os raios dele."

O mesmo fato das respostas anteriores se dá com o emprego de *conformidade, se conformam* e *conformismo* na leitura de *The Wonders of Natural Biodiversity*.

## The Wonders of Natural Biodiversity

Nature's processes do not spring from a totalitarian system, nor do they encourage conformity. They embrace an interacting unit, and the direction of their movement is toward biodiversity.

Fossil records show that plants first appeared on the planet as two distincts species: reeds and grasses. Seen in cross-section, grasses developed round stems and reeds triangular ones. From such modest beginnings an infinite variety of plants, shrubs, trees, and vines evolved and diversified, each adapting to quirks of climate and geography.

In modern times humans accelerate the process by experimenting with mutations and genetic tinkering. Not long ago, the Royal Winter Fair showed a collection of roses. When the exhibitor was asked how many types exist, he replied, "I don't know about all roses, but in this category known as tea roses there are 250 varieties." Proliferation of diversity has continued as 'development' laid its heavy hand on the planet.

Fortunately – and not a minute too soon – "biodiversity" has become an important concept in contemporary awareness; but it needs to enter our thinking about human being as well. People are an integral part of nature. If biodiversity represents the way things are in nature, why do we fail to apply it to our own species. By celebrating biodiversity among humans we can go a long way toward diffusing racism. Yet human beings have an almost fanatic – and unnatural – desire to inflict conformity on others.

Totalitarianism imposes one type of conformity, and is evident in political ideologies, religious fanaticism, and many cultures, even driving to extremes in matters of dress. China's Mao suit is perhaps the most outstanding example, but military uniforms also serve conformity. Conformity fosters the lowest common denominator to defuse conflict, but it does not work. Instead, it destroys individuality, innovation, creativity, and diversity. In nature, it would be as if someone said every flower must be a tulip. Monoculture applied to crops and trees is a form of racism.

Seen from this perspective it is disturbing that portions of the human race are only comfortable when everyone lives and supports and admires a rigid and limited set of 'givens'. The unity of the planet and of life, as expressed in the symbol of the circle, and in countless philosophical systems, is a universal law.

Nothing is excluded from that unity. Until we learn to honour and respect biodiversity of people as well as plants and the creatures of land, air, and water, we will continue to experience racism, and Earth's environment will go on deteriorating as every-increasing numbers of species become extinct.

(*Common Ground*, *Autumn*'92)

[1993]

Questão: A tentativa de eliminar as diferenças deveria levar à diminuição dos conflitos entre os homens. Por que a conformidade não funciona?

"A conformidade não funciona pois não diminui os conflitos entre os homens, ficam esperando que as coisam acontecam e depois que acontecerem se conformam com a decisão e não fazem nada, só colabora para aumentar os conflitos. Esse conformismo é imposto pelo totalitarismo. A conformidade é comum, aumentam os conflitos e não fazem nada para resolvê-los."

\* \* \*

Mais uma vez, nos próximos trechos, o que determina o *nonsense* são as palavras. A diferença é que neste caso sobressaem traduções[10] equivocadas ou, em outros termos, transposições de trechos ou palavras para o português de forma a gerar uma leitura *nonsense*. Se concordarmos com Stanley Fish quando diz que a resposta do leitor não é ao significado e sim *é* o significado[11], temos que admitir que a leitura *nonsense*, embora nos casos a seguir tenha tido sua origem num equívoco ou numa incorporação de palavras de outra língua, é uma possibilidade.

---

10. Em *Vestibular Unicamp. Inglês/Francês* (pp. 43-6) discuti "o que acontece quando se parte para uma tradução literal" e mostrei que "traduzir um texto em língua estrangeira não se resume a encontrar correspondentes na sua língua para todas as palavras que estão lá. A tradução é um trabalho muito mais complexo que envolve, assim como leitura, produção de sentido". Tentei mostrar ainda, passo a passo, nessa mesma discussão, de que forma o leitor procedia para chegar às leituras a que chegou.

11. Cf. FISH, S. Introduction, or How I Stopped Worrying and Learned to Love Interpretation. In: *Is There a Text in This Class? The Authority of Interpretive Communities*. Cambridge, Harvard University Press, 1980: "(...) a resposta do leitor não é ao significado: *é* o significado, ou pelo menos, é o meio através do qual o sentido passa a existir. Portanto, ignorar ou não levar esse fato em conta é (...) correr o risco de perder grande parte do que está acontecendo" (p. 3).

A partir da leitura da primeira estrofe e do título do poema *A Martian Sends a Postcard Home*, perguntou-se: qual a semelhança entre a chuva e a televisão, de acordo com o marciano?

> *Rain is when the earth is television.*
> *It has the property of making colours darker.*

"Chuva é quando a orelha é televisão."

"Chuva é quando        é televisão. El tem o propósito de fazer cores do escuro".

"Chuva é when Terra é televisão It has was a propriedade de fazer cores escuros."

"A semelhança é que os dois fazem 'property' de cores escuras."

Tentativas óbvias de tradução aparecem nas respostas abaixo, que também nos servem para evidenciar o fato de que o *nonsense* é um efeito que pode surgir a partir da maneira como os trechos vêm redigidos. O mesmo se dá em:

## MAPPING MISSION

ORBITING THE MOON from February 19 to May 5, the Clementine spacecraft discovered that lunar craters and mountains are more impressive than scientists had realized.

The moon's deepest valleys and highest peaks are separated by more than 20 kilometers, double the distance scientists had thought.

The spacecraft returned 1.6 million images of the lunar surface, mapping many regions never before seen. "*Clementine* obtained full global coverage of the moon," says project scientist Carlé Pieters of Brown University. "That's a real first." Images from the far side of the moon show the South Pole-Aitken Basin, a crater that descends 12 kilometers more than seven times deeper than the Grand Canyon. Scientists previously thought this basin was only seven kilometers deep; they now believe it is the deepest impact crater in the solar system. Calculating the depth of such craters helps scientists determine how much heat was produced by the collisions that created them. "It gives us a glimpse into the early period of formation of the Earth-moon system," says Pieters.

(*Popular Science*, October 1994)

[1995]

Questão: Qual a utilidade de se calcular a profundidade das crateras da lua?

"Ajudaria os cientistas a determinar as produções de colisões das crateras. E daria a 'glimpse' entre o período da terra a formação do sistema lua-terra."
"Eles calculam a possibilidade de socorro, caso haja colisão ou impacto."

A leitura necessária para uma resposta a essa pergunta passava pelos seguintes passos: era preciso recuperar *such craters*; resolver *heat*; trabalhar a construção *calculating* (...) *helps*, em que o sujeito de *helps* é toda uma oração, reconhecendo *calculating* como equivalente ao infinitivo em português; recuperar o referente de *them* em *collisions that created them*; entender que a fala do cientista que aparece no final do texto (*it gives us a glimpse into the early period of formation of the Earth-moon system*) é que completava o argumento da utilidade do cálculo da profundidade das crateras lunares.

A pergunta seguinte foi feita a partir da leitura do início do conto *Snow*, de Robert Olen Butler, reproduzido nas páginas 67-8. Como vimos, o que poderia dificultar a leitura deste trecho seria a estrutura de comparativo *as ... as*, presente aí duas vezes: era preciso entendê-la na declaração a ser justificada pelo narrador e na própria justificativa para que, então, o leitor enunciasse a sua justificação, que era a leitura pedida com o *como*, de *como o narrador justifica essa declaração*. Outras dificuldades a serem transpostas para a leitura desse trecho eram a negativa e o pronome *that* em *time isn't as important as that in Vietnam*.

Questão: "*No one in Vietnam has a clock as tall as a man.*" Como o narrador justifica essa declaração?

"'No one in Vietnam has a clock as tall as a man.' O narrado justifica esta declaração dizendo que hora não é tão importante quanto aquele no Vietnam. O relógio aqui é muito alto e eles o chamam Grandfather."

O caminho de leitura que percorreremos a seguir tinha como base um conjunto de textos, a saber, a introdução do livro *The Adventures of Grandfather Frog*, de Thorton W. Burgess e um trecho de um de seus capítulos, além de uma epígrafe, parte desse capítulo:

**I.** Thorton W. Burgess, children's author and naturalist, was born in Sandwich, Massachusetts, in 1874. While growing up he roamed the woods, fields and salt marshes of Cape Cod, where he came to know the birds, animals and plant life well. Later, as a grown man, he told stories about animals and nature to his young son. In 1910, these stories formed the basis for his first book, *Old Mother West Wind*. From the Green Forest and Green Meadows to the Smiling Pool, Burgess introduced children and adults to Peter Rabbit, Reddy Fox, Grandfather Frog and the many children of Old Mother Nature. The tales that began as bedtime stories for his son became the bedtime stories of millions with their message of conservation education through entertainment.

Grandfather Frog has a very big mouth! He does not mind being teased about it since a big mouth comes in very handy for catching tasty green flies. In this collection of stories, however, Grandfather Frog's big mouth get him into a lot of trouble. Learn more about his adventures and meet some of his friends that live around the Smiling Pool. When you visit a "smiling pool" where you live, listen carefully for Grandfather Frog. His "chugarum" is unmistakable! *The Adventures of Grandfather Frog* was first published in 1915. The stories in this book have timeless appeal for children of all ages.

**II.**

### Grandfather Frog's Troubles Grow

Head first in; no way out;
It's best to know what you're about!

GRANDFATHER FROG had had plenty of time to realize how very true this is. As he sat on the old shingle which the Merry Little Breezes had blown into the spring where he was a prisoner, he thought a great deal about that little word "if". *If* he hadn't left the Smiling Pool, *if* he hadn't been stubborn and set in his ways, *if* he had looked where he was leaping – well, any of those *ifs* would have kept him out of his present trouble.

[1995]

Uma das questões propostas distinguia-se das demais quanto a sua exigência de leitura. Sua resposta estava diretamente ligada à resposta da questão anterior, que perguntava o que o fato de ter uma boca grande acarretava a *Grandfather Frog* (para isso era preciso ou uma passagem pelo *however* que há no trecho, ou uma simples ligação do verbo *acarretar* com *trouble*). O título do capítulo e principalmente a epígrafe podiam colaborar para a resposta, na medida em que é recuperada a primeira frase do capítulo em questão: *Grandfather Frog had had plenty of time to realize how very true this is*. O arrependimento do personagem podia ser lido da seguinte maneira: o trecho em questão era de relativa dificuldade, no entanto resolvia-se por *where he was a prisoner*, já que era possível saber que *the old shingle which the merry little breezes had brown into the spring* era um lugar onde *Grandfather Frog* estava preso. Tal leitura estava garantida pelo conhecimento, praticamente certo, de *where*, do passado do verbo *to be* e de *prisoner*. Vejamos a que nossos leitores atribuíram o fato de *Grandfather Frog* pensar na palavra *if*.

Questão: O que levou Grandfather Frog a pensar na palavra *if*?

"Devido a uma velha canção que ele cantou na primavera."

"Quando ele se sentou numa velha na qual Merry Little Breezes tinha soprado na primavera, onde ele estava prisioneiro, ele pensou na palavra 'se'. Estaria fora de seu problema presente, se tivesse realizado alguns dos 'ses' que pensava. Tudo surgiu dos versos que ouvira."

"Se ele não tivesse ido pela margem esquerda."

"isso ocorreu quando ele estava pensando a respeito de uma prisioneira Merry Little Breezes."

"O fato de estar aprisionado numa mola."

"O que levou Grandfather Frog a pensar na palavras 'if' foi o fato de estar aprisionado. Ele começou a pensar sobre as possibilidades de não ser pego (se ele não tivesse virado à esquerda de Smiling Pool, se tivesse olhado e visto onde estava 'pisando') Se..., alguns desses 'ifs' poderia tê-lo livrado da 'prisão' e de seus presentes problemas."

Ainda sobre o mesmo conjunto de textos perguntou-se: sobre o que versam as histórias de T. W. Burgess? Exigia-se aí apenas a leitura de que tais histórias eram sobre animais e sobre a natureza. Em outras palavras, não se exigia a leitura do final do parágrafo: *The tales that began as bedtime stories for his son became the bedtime stories of millions with their message of conservation education through entertainment.* Era preciso apenas perceber seu contato com a natureza quando criança (indicado por *while growing up*) e perceber que as histórias que contava a seu filho (*later as a grown man, he told stories about animals and nature to his young son*) se transformaram nas histórias a que a pergunta faz referência. Muitas das respostas acabaram sendo determinadas pelo trecho menos compreensível (em matéria de complexidade de língua). *Conservation education through entertainment* acabou gerando as leituras abaixo:

Questão: Sobre o que versam as histórias de T. W. Burgess?

"Sobre animais, a natureza, crianças que tem uma educação conservadora."

"As estórias relatadas por T. W. Burgess, versam sobre os animais, a natureza e a passegem dos anos. Falam também sobre mensagens da educação conservadora."

"As estórias de T. W. Burgess versam as aventuras, os acontecimentos das estórias de animais e a natureza, com mensagens de educação conservadora destinada para a educação."

"As estórias versam os animais e a natureza com a conservação de mensagem educacionais até diversão (passatempo)."

\* \* \*

Se, por um lado, temos as escolhas lexicais com atribuição de significados bastante particulares às palavras denunciando o tipo de leitura feito – também bastante particular –, por outro, temos os limites gramaticais continuamente modificados. Corre-se, aqui, o risco do caos da agramaticabilidade mas, vimos, o *nonsense* não é senão a expressão de uma contradição. "É preciso pôr ordem na língua, mas não se consegue chegar a isso jamais; é preciso que o sujeito falante seja senhor de sua língua, mas ele não pode sê-lo de jeito nenhum", já disse Jean-Jacques Lecercle[12].

Os problemas levantados em relação a esse aspecto foram: problemas que dizem respeito à argumentação textual, distorções geradas pelo desconhecimento do papel da ordem das palavras na língua inglesa, além de problemas que envolvem a recuperação de referentes.

Sobre o texto *New Material May be Harder Than Diamond*, reproduzido nas páginas 74-5, incidiu uma questão que pedia ao nosso leitor-candidato que explicitasse sua leitura de uma locução adverbial. Era preciso não só atribuir um significado a essa locução – *in any case* – como também entender o movimento argumentativo do parágrafo. *Could, will, believe, remains to be seen, depend*, além de *whether* marcam esse movimento. A justificativa do uso de *in any case* exigia a recupe-

---

12. LECERCLE, J. -J. Intuitions Linguistiques. In: *Revue Littéraire Mensuelle. Lewis Carroll,* Août/Septembre, 1990. 68º. Année. Nº 736-7. Messidor. Paris, pp. 56-62, p. 58.

ração do fato de a aplicabilidade do novo material ainda não estar determinada. A resposta abaixo evidencia uma leitura que desconsidera qualquer ligação lógica no texto lido, mas que, nem por isso, deixa de estabelecer outra, através de um *ou seja*.

Questão: O autor do artigo acima afirma, no quinto parágrafo, que a Universidade de Harvard requereu a patente do processo de fabricação do nitreto de carbono. Justifique o uso da expressão "*in any case*" com a qual ele introduz essa afirmação.

"Ele quer dizer que foram poucos casos de requerimento de patente na Universidade de Harvard, ou seja, a pesquisa sobre o nitrato de carbono é muito importante."

Já na redação da resposta abaixo o advérbio *mesmo* age eliminando a condição de dependência gerada pelo verbo:

"A expressão 'de qualquer forma' foi usada porque, mesmo dependendo do preço e da facilidade da aplicação industrial do produto, a patente ficará com Harvard."

A leitura da ordem das palavras na língua inglesa é determinante para a resposta à questão sobre a utilidade do cálculo da profundidade das crateras lunares, a partir de *Mapping Mission*, texto transcrito na página 83:

Questão: Qual a utilidade de se calcular a profundidade das crateras da lua?

"...formação da Terra – sistema lunar."

"Essa crateras foram formadas a partir de colisões e através dela dará para determinar o período de formação do sistema lunar da terra."

"Ajudam os cientistas a determinar (how) much heat estavam produzindo compra de coleção de crateras."

Além de todo aquele raciocínio necessário para a leitura do trecho que tal questão envolvia, era preciso que nosso leitor lidasse tranqüilamente com *early period* e *earth-moon system*. Para a leitura de *existing technologies*, logo no início do texto transcrito abaixo era imprescindível a consideração do significado da ordem adjetivo/substantivo na língua inglesa. Havia nesse trecho ainda outras dificuldades igualmente consideráveis, como o reconhecimento de uma forma com – *ing* como adjetivo, além do fato de tal construção vir inserida numa construção com *if*, o que fazia com que o leitor tivesse que concentrar sua resposta no que era a primeira parte de uma condição:

## Global study of biofuels launched

IF EXISTING TECHNOLOGIES in the use of biofuels were put into practice, farmers in developing countries could use crop residues, straw and other biomass to provide gas for cooking and to generate electricity to pump water, grind flour, run a refrigerator and light their houses. A reliable source of affordable energy could provide new opportunities for employment and income, such as establishing cottage industries for processing vegetables.

In 1992, FAO launched a global study to evaluate biofuels as a substitute for fossil fuels. Biofuels are produced by converting biomass (any organic matter such as wood, plants, crop residues or manure) into more concentrated forms of energy, mainly gas, alcohol or charcoal. This can be done using simple and inexpensive technologies, such as, biogas digesters, which use fermentation to convert organic residues into gas.

Biofuels offer immense economic and environmental benefits. They cost little to produce and could provide farmers with a steady income, while increasing their self reliance. Since they are derived from plants that extract carbon dioxide from the air, burning them does not contribute to the buildup of $CO_2$ that is the major cause of global warming.

In Europe and the United States, schemes to set aside land for use as "energy plantations" have been proposed. This would reduce food surpluses and subsidies, as well as provide energy for local or national use.

(FAO *Annual Review*, 1992)

[1995]

Questão: O que falta para que seja possível o uso de combustíveis biológicos para cozinhar ou para iluminar casas, por exemplo?

"Falta a existência de tecnologias que sejam postas em prática para que seja possível o uso de combustíveis biológicos."

Justificar a declaração *No one in Vietnam has a clock as tall as a man*, alvo da questão tratada a seguir, feita também a partir do início do conto *Snow*, reproduzido páginas 67-8, era possível pelo entendimento de *time isn't as important as that in Vietnam*, expressão em que constava a mesma estrutura de comparativo (*as ... as*) da afirmação a ser justificada. Havia aí também dois outros obstáculos a serem transpostos, a saber, o verbo na negativa em uma estrutura comparativa e, finalmente, a recuperação do referente do pronome *that*:

Questão: "*No one in Vietnam has a clock as tall as a man.*" Como o narrador justifica essa declaração?

"O narrador justifica a afirmação dizendo que no Vietnam, as pessoas são mais importantes do que os homens."

"O narrador justifica esta declaração falando que o tempo não é tão imporante no Vietnam, mas o relógio é importante para chamar o avô."

"O narrador justifica a declaração de que não havia ninguém que tivesse uma hora como um homem na 5.ª linha do segundo parágrafo quando o narrador refere-se a coragem e às aptidões de 'um homem' que não temia as mais constantes dificuldades da guerra no Vietnam e diz que não havia ninguém que conseguise viver as horas no Vietnam quanto um homem."

\* \* \*

Há ainda uma outra possibilidade de se buscar a origem de respostas *nonsense*. Trata-se agora da presença, na seqüência a ser lida, de itens lexicais conhecidos. O fato de as palavras serem conhecidas faz com que o leitor se prenda a elas e abandone outros fatores envolvidos na leitura como por exemplo a sintaxe do trecho em questão. Muitas vezes, é justamente a sintaxe "que dá a complexidade à argumentação (...) presente e a elabora. Não conseguindo depreender esse fenômeno, o candidato lança mão apenas dos itens lexicais que já conhece, organizando-os novamente no momento em que deve redigir a sua resposta, numa outra argumentação, como se fosse um quebra-cabeças. No momento de redigir sua resposta o candidato tem todas (ou quase todas, em alguns casos) as peças na mão, só que o resultado é uma figura diferente"[13]. É o que fazem nossos leitores da propaganda abaixo.

---

### NATIONAL CENTER for FAMILY LITERACY

One in five American adults cannot read well enough to understand this ad.

That's why the National Center for Family Literacy is currently behind literacy programs for families in over 1,000 communities across America. But there is much more we need to do.

We urge you to write the National Center for Family Literacy, Waterfront Plaza, Suite 200-B, 325 West Main Street, Louisville, Kentucky 40202-4251, for information on how to support family literacy. Or call (502) 584-1133 ext. 33.

If we, as a nation, can achieve full literacy, then we achieve anything.

**To 12 million adults this is an ad about a dog.
Actually, it's an ad about literacy.**

(( (( (( (( (( (( (( (( (( (( (( (( ((

WE ARE GRATEFUL TO THIS PUBLICATION FOR SUPPORT IN PRINTING THIS AD.

---

12 *Business week* / March 20, 1995                    [1996]

---

13. BASTOS, L. K. X. Um esforço enorme. *In*: BASTOS L. K. X. (Org.) *Avaliação, correção, tradução. Sobre leitura em língua estrangeira* (inédito).

Com *cachorros*, *adultos*, um número (*12 milhões*) e, eventualmente, mais um outro dado, redigem as seguintes respostas para a questão.

Questão: Explique a afirmação contida na chamada da propaganda: *To 12 million adults this is an ad about a dog.*

"Que existem milhares de cachorros perante milhões de adultos."

"Mais de 12 milhões de adultos estão a favor do cão."

"Ele quer dizer, que podem existir 12 milhões de adultos, mais o que está acima de tudo é o cão."

"Mais de 12 milhões de adultos estão adourando o cachorro."

"Ele quis dizer que 12 milhões de adutos são como cães."

"É que doze milhões de adultos já tem cachorros."

"Possui 12 milhões de pessoas um cachorro em potencial."

"Que 12 milhões de adulto assiste um cachorro."

"Existe 12 milhões de americanos que querem largar essa vida de cachorro."

"Essa afirmação quer dizer que 12 milhões de adultos abandonaram seu cachorro."

"É que para 12 milhões de adultos isto é um abuso ao cão."

"Está comparando 12 milhões de adultos como cães, sem conhecimento e estudo, precisando de alfabetização."

"De cada 12 milhões de adultos há um cachorro doente que o infectou."

"Doze milhões de adultos tem uma queda por cachorros."

"A chamada da propaganda apresenta uma outra solução para as pessoas que não podem ler, um cachorro de cego."

"Para 12 milhões de adultos há um cego sobre um cachorro. É que os cegos dependem de cachorro para (a maioria) sua companhia."

"A informação contida trata que 12 milhões de pessoas lêem sobre cães, e, de forma irônica afirma também lêem sobre literatura."

Por fim, o exemplo que é, por excelência, a expressão do *nonsense*: a contradição. É o que salta aos olhos, praticamente em todo texto *nonsense*, com exceção daqueles em que impera o jogo com os sons.

A respeito de *Lightning*, texto reproduzido na página 77, perguntou-se:

Questão: Qual a explicação apresentada no texto para as estatísticas?
E qual não foi a explicação dada por um de nossos leitores-candidatos?

"No campo as pessoas estão protegidas pelas grandes árvores que atraem os raios e outras substâncias isolantes. Mas os riscos são bem menores uma vez que os grandes prédios, os fios elétricos e principalmente os para raios protegem as pessoas."

Vistos todos esses exemplos, elaboremos algumas conclusões.

\* \* \*

"O problema da significação é um dos mais difíceis da Lingüística."
M. Bakhtin, *Marxismo e filosofia da linguagem*

Tal como estão organizados, esses trechos permitem que façamos deles a seguinte leitura: seu desvio do tema discursivo varia como resultado de leitura. A leitura que se faz desse resultado permite recuperar, através de indícios, o percurso de quem os redigiu em sua resposta a uma leitura primeira. Assim, resumidamente, vimos:

trechos em que o texto-resposta tem um sentido em si, mas é *nonsense* se confrontado com o texto lido em língua inglesa; trechos *nonsense* em que:

- a identificação equivocada de itens lexicais determina o tema discursivo. Tal identificação se dá ora por critérios como o da semelhança, nem sempre procedente, entre as línguas, ora pela recuperação no texto apenas de alguns poucos itens lexicais.
- impera o emprego de uma linguagem pseudocientífica determinado pela apreensão do tema discursivo.
- impera o desafio aos limites gramaticais.
- uma contradição é enunciada.

Procurei recuperar, na minha leitura desses trechos, a leitura feita do texto em inglês na busca de uma explicação para o fato de esses trechos provocarem em seus leitores a sensação que provocam: a sensação do *nonsense*. Quando um autor investe nessa perturbação do sentido, nessa perturbação do texto propositalmente, sabendo já o efeito que vai causar, tem-se, sem dúvida, uma situação-limite que, mesmo por ser assim, permite discutir a questão do sentido. A situação que apresentamos aqui tem as mesmas características, embora se possa questionar, como vimos, o investimento nessa aproximação do limite. Entretanto, dadas as circunstâncias, o que resulta, neste caso, tem o mesmo efeito, ou um efeito próximo daquele.

O que fiz foi tornar visível o processo da leitura[14]. A singularidade do material examinado reside naquilo que desloca – o sentido.

---

14. Cf. GERALDI, J. W. A propósito da interpretação de processos indiciados nos produtos. *In*: ABAURRE, M. B. M. *et alii*. O caráter singular das operações de refacção nos textos representativos do início da aquisição da escrita. *In*:

A questão posta, então, é a questão do sentido e a do universo de leituras autorizadas por um texto para seu leitor. Posso terminar perguntando: compreender é o mesmo que interpretar? Produzir essas respostas que analisei já não seria interpretar? Haveria alguma coisa a não ser interpretar? Se a língua não é código, haveria um espaço de compreensão, que seria de todos, e um espaço de interpretação, que seria individual? Numa dicotomia assim posta, a interpretação não prescinde da compreensão, pelo contrário, a interpretação depende da compreensão[15]. Aceitar tal diferença entre compreensão – "tarefa cumprida ao nível das regras de uso da língua natural, aí incluída a pragmática; isto é, compreender não implica manipular apenas material verbal (...)"[16] – e interpretação – "que se faz descobrindo as motivações ideológicas ou inconscientes dos textos"[17] – implica aceitar que se há uma leitura equivocada, esse equívoco se dá no nível da compreensão[18]. A análise feita aqui permite um ligeiro deslocamento, uma alteração na dicotomia compreensão/interpretação, ao introduzir, nas considerações sobre as leituras feitas, a incompreensão. Estão no nível da compreensão algumas das leituras "possíveis", as que não estão excluídas, mas autorizadas pelo texto. Está no nível da incompreensão alguma leitura que porventura se faça "impossível", como várias das analisadas. Interpretação, embora seja um termo banalizado, seria o termo usado para designar o que faz o leitor particular. Re-

---

*Estudos lingüísticos: anais de seminários do GEL XXIV*. Ribeirão Preto, UNAERP/GEL, 1995, pp. 76-84. "Há um processo de produção? Sim. A questão é tornar visível este processo. Sua visibilidade, obviamente, não é um 'dado' acessível e disponível no real, mas uma construção da análise (...)."
    15. Cf. DASCAL, M. *Apud* POSSENTI, S. Ainda a leitura errada. In: *Estudos lingüísticos: anais de seminários do GEL XX*. Franca, Unifran/Prefeitura Municipal de Franca/GEL, 1991, p. 722.
    16. Id., *ibid*.
    17. Id., *ibid*.
    18. Cf. POSSENTI, S. Ainda a leitura errada. In: *Estudos lingüísticos: anais de seminários do GEL XX*. Franca, Unifran/Prefeitura Municipal de Franca/GEL, 1991, p. 722.

sulta que compreender já é interpretar, mas interpretar nem sempre é compreender. Compreender, ler um texto seria circular dentro do universo de leituras autorizadas por ele[19]. Essas leituras serão, no entanto, sempre lateralidade, dado que a palavra o é[20].

---

19. Cf. POSSENTI, S. *Op. cit.*, p. 723, quando mostra que Foucault "para se sentir autorizado a uma interpretação política [de *Édipo Rei*], decidiu que devia mostrar que *o texto a suporta*" (grifo meu).
20. A palavra é, desde sempre, lateralidade. Etimologicamente vem de PA-RABOLA, do grego *parabolé*, em que há dois elementos formadores: *para* (ao lado de) e a mesma raiz do verbo *ballo* (atirar, lançar).

# Bibliografia

ABAURRE, M. B. M. Os estudos lingüísticos e a aquisição da escrita. Anais do II Encontro Nacional sobre Aquisição da Linguagem. PUCRS. CEAAL, 1992.

ABAURRE, M. B. M.; FIAD, R. S.; MAYRINK – SABINSON, M. L.; GERALDI, J. W. O caráter singular das operações de refacção nos textos representativos do início da aquisição da escrita. *In: Estudos lingüísticos: anais de seminários do GEL XXIV*. Ribeirão Preto, UNAERP/ GEL, 1995, pp. 76-84.

ARISTÓFANES. *A revolução das mulheres. A greve do sexo*. Trad. de Mário da Gama Kury, São Paulo, Editora Brasiliense, 1988.

ARISTÓFANES. *Pluto. (A riqueza.)* Introdução, versos do grego e notas de Américo da Costa Ramalho. Instituto Nacional de Investigação Científica. Centro de Estudos Clássicos e Humanísticos da Universidade de Coimbra, Coimbra, 1982.

ASSIS, M. de. *Obra completa*. Org. por Afrânio Coutinho. Vol. 1. Rio de Janeiro, Nova Aguilar, 1986.

AUDEN, W. H. *Oxford Book of Light Verse*. Oxford, Oxford University Press, 1979.

BAILLY, M. A. *Abrégé du Dictionnaire Grec – Français*. Paris, Hachette, 1901.

BAKHTIN, M. *Estética da criação verbal*. São Paulo, Martins Fontes, 1992.

BAKHTIN, M. *Marxismo e filosofia da linguagem*. São Paulo, Hucitec, 1979.

BARTHES, R. From Work to Text. *In*: HARARI, J. V. (Ed.) *Textual Strategies, Perspectives in Post-Structuralist Criticism*. Ithaca, New York, Cornell University Press, 1979, pp. 73-81.

BARTHES, R. *Image, Music, Text.* Nova York, Hill and Wang, 1977.
BASTOS, L. K. X. (Org.). *Avaliação, correção, tradução. Sobre leitura em língua estrangeira.* (inédito).
BASTOS, L. K. X. et alii. *Vestibular Unicamp. Inglês/Francês.* São Paulo, Editora Globo, 1993.
BIZARRI, E. *Correspondência de João Guimarães Rosa com o tradutor italiano.* São Paulo, Instituto Ítalo-Brasileiro, 1972.
BRAGA, D. B. & BUSNARDO, J. Metacognition and Foreign Language Reading: Fostering Awareness of Linguistic Form and Cognitive Process in the Teaching of Language Through Text. *In*: *Lenguas Modernas 20* (1993), 129-49. Universidad de Chile.
*Carmina Burana.* Canções de Beuern. Trad., intr. e notas de Maurice van Woensel. São Paulo, Ars Poetica, 1994.
CARRELL, P. L. & WALLACE. Background Knowledge: Context and Familiarity in Reading Comprehension. *In*: *On TESOL '82*, M. Clarke & J. Handscombe (Eds.), 295-308. Washington, D. C.: TESOL.
CARRELL, P. L. Interactive Text Processing: Implications for ESL/Second Language Reading Classrooms. *In*: CARRELL, P. L.; DEVINE, J.; ESKEY, D. E. (Eds.) *Interactive Approaches to Second Language Reading.* Cambridge, Cambridge University Press, 1989, pp. 239-59.
CARRELL, P. L. Three Components of Background Knowledge in Reading Comprehension. *Language Learning.* 33(2):183-207, 1983.
CARROLL, L. *The Complete Illustrated Works of Lewis Carroll.* Londres, Chancellor Press, 1989.
CARROLL, L. *A caça ao Turpente* (trad., apresentação, notas e apêndices de Alvaro A. Antunes. Ilustrações de Regina E. C. Fernandes). Além Paraíba, Interior Edições, 1984.
CARROLL, L. *Aventuras de Alice no país das maravilhas. Através do espelho e o que Alice encontrou lá.* Trad. e org. de Sebastião Uchôa Leite. 3ª ed. São Paulo, Summus, 1980.
CARVALHO, Campos de. *O púcaro búlgaro.* Rio de Janeiro, Civilização Brasileira, 1964.
CHEVALIER, J. L. Alice ou la Liberté Surveillée. *In*: *Europe. Revue Littéraire Mensuelle. Lewis Carrol.* Août/Septembre, 1990. 68ª année. nº 736-7. Messidor. Paris. pp. 29-40.
CHOMSKY, N. *Syntactic Structures.* The Hague, Mouton & Co.'s – Gravenhage, 1957.
CORSETTI, J. – P. Le Mélancolique Bonheur de Lewis Carroll. *In*: *Europe. Revue Littéraire Mensuelle. Lewis Carroll.* Août/Septembre, 1990, 68ª année, nº 736-7, Paris, Messidor, pp. 41-55.
COSTE, D. Leitura e competência comunicativa. *In*: GALVES, C. *O Texto. Leitura e escrita.* Campinas, Pontes, 1988, pp. 11-29.

CUDDON, J. A. *The Penguin Dictionary of Literary Terms and Literary Theory.* 3ª ed. Londres, Penguin Books, 1992.
CUMMINGS, E. E. *73 poems.* Londres, Faber & Faber, 1964.
CUMMINGS, E. E. *selected poems. 1923-1958.* Londres, Faber & Faber, 1960.
CURTIUS, E. R. *Literatura européia e Idade Média latina.* Rio de Janeiro, MEC. Instituto Nacional do Livro, 1957.
DENIS, J.; CARRELL, P. e ESKEY, P. *Research in English as a Second Language.* Tesol, Washington, 1981.
ELIOT, T. S. *The Complete Poems and Plays. 1909-1950.* Nova York, Hartcourt, Brace and World./s.d./.
ESKEY, D. E. Holding in the Bottom: An Interactive Approach to the Language Problems of Second Language Readers. *In:* CARRELL, P. L.; DEVINE, J.; ESKEY, D. E. (Eds.) *Interactive Approaches to Second Language Reading.* Cambridge, Cambridge University Press, 1988.
FARB, P. *Word Play. What Happens When People Talk.* Nova York, Bantam Books, 1976.
FERREIRA, A. B. de H. *Novo dicionário da língua portuguesa.* Rio de Janeiro, Nova Fronteira, /s.d./.
FISH, S. *Is There a Text in This Class? The Authority of Interpretive Communities.* Cambridge, Harvard University Press, 1980.
FORTUNA, F. "Sentimento do absurdo domina poesia *nonsense*". *Folha de São Paulo.* 1º setembro 1990.
FROÉS, V. L. Pequenos tesouros. *Jornal do Brasil,* 5 ago. 1989.
GALVES, C. C.; BUSNARDO, J. Leitura em língua estrangeira e produção de texto em língua materna. *In: Redação e leitura.* Anais do I Encontro Nacional de Professores de Redação e Leitura do 3º grau. 1983. São Paulo. Puc-SP.
GARDNER, M. *The Annotated Alice. Alice's Adventures in Wonderland and Through the Looking – Glass (by Lewis Carroll. Illustrated by John Tenniel.)* Penguin Books, Harmondsworth, Middlesex, Inglaterra, 1984.
GERALDI, J. W. (Org.) *O Texto na Sala de Aula. Leitura e Produção.* 4ª ed., Cascavel, Assoeste, 1985.
GINZBURG, C. *Mitos, emblemas, sinais. Morfologia e história.* Trad. De Federico Carotti. São Paulo, Cia. das Letras, 1989.
GINZBURG, C. *O queijo e os vermes. O cotidiano e as idéias de um moleiro perseguido pela Inquisição.* Trad. de Maria Betânia Amoroso. São Paulo, Cia. das Letras, 1987.
GRABE, W. *Current Developments in Second Language Reading Research.* Tesol Quarterly, vol. 25, nº 3, Autumn, 1993, pp. 375-406.
GRICE, H. P. Logic and Conversation. *In:* COLE, P. e MORGAN, J. L., *Sintax and Semantics.* Vol. 3: Speech Acts. Nova York, Academics Press, 1975.

GRIGSON, G. (Ed.). *The Faber Book of Nonsense Verse, With a Sprinkling of Nonsense Prose*. Londres, Faber & Faber, 1979.

HAUGHTON, H. (Ed.) *The Chatto Book of Nonsense Poetry*. Londres, Chatto and Windus, 1988.

HOMERO. *Odisséia*. Intr. e notas de Méderic Dufour e Jean Raison. Trad. de Antônio Pinto de Carvalho. São Paulo, Abril, 1981.

JURADO FILHO, L. C. *Cantigas de roda: jogo, insinuação e escolha*. Campinas, 1985, 168 pp. Dissertação (Mestrado) – DL. IEL-UNICAMP.

KAPPLER, C. *Monstros, demônios e encantamentos no fim da Idade Média*. Trad. Ivone Castilho Benedetti. São Paulo, Martins Fontes, 1994.

KLEIMAN, A. *Leitura: ensino e pesquisa*. Campinas, Pontes, 1989.

LECERCLE, J. – J. Intuitions Linguistiques. *In*: Europe. *Revue Littéraire Mensuelle. Lewis Carroll*, Août/Septembre, 1990. 68º. Année, nº. 736-737. Messidor, Paris, pp. 56-62.

LIPTON, J. *An Exaltation of Larks or the Venereal Game*. Nova York, Penguin Books, 1977.

*Longman Dictionary of English Language and Culture*. Essex, Longman, 1992.

LUCRÈCE. *De la Nature*. Paris, Les Belles Lettres, 1920.

MARSHALL, J. *Pocket Full of Nonsense*. Golden Books, Western Publishing Co., Nova York,1992.

MORENO, A. R. *Wittgenstein. Através das imagens*. Campinas, Editora da UNICAMP, 1993.

ORTEGA Y GASSET, J. Dificuldade da leitura. *In*: *Diógenes*. Ed. Universidade de Brasília, 1983, pp. 69-72.

PITCHER, G. Wittgenstein, Nonsense, and Lewis Carroll. *In*: ROSENBAUN, S. P. (Ed.). *English Literature and British Philosophy. A Collection of Essays*. Chicago, The University of Chicago Press, 1971. pp. 229-50.

POSSENTI, S. A leitura errada existe. *In*: *Estudos lingüísticos: Anais de seminários do GEL XIX*. Bauru. Unesp/GEL, 1990, pp. 558-64.

POSSENTI, S. Ainda a leitura errada. *In*: *Estudos lingüísticos: anais de seminários do GEL XX*. Franca. Unifran/Prefeitura Municipal de Franca/GEL, 1991, pp. 717-24.

RAMOS, P. E. S. (Org.) *Poesia grega e latina*. São Paulo, Cultrix, 1964.

REMY, M. Surréalice? Lewis Carroll et les surréalistes. *In*: *Revue Littéraire Mensuelle. Lewis Carroll*. Août/Septembre, 1990, 68º. année, nº. 736-7. Paris, pp. 123-33.

RHYS, E. (Ed.) *A Book of Nonsense*. Londres, J. M. Dent and Sons Ltd., 1948.

RÓNAI, P. Os prefácios de Tutaméia. *In*: ROSA, G., *Tutaméia*. 4ª ed., Rio de Janeiro, José Olympio, 1976.
ROSA, G. *Tutaméia*. 4ª ed. Rio de Janeiro, José Olympio, 1976.
RUSE, C.; HOPTON, M. *The Cassell Dictionary of Literary and Language Terms*. Cassel, Londres, 1992.
SHAKESPEARE, W. *Much Ado About Nothing* (editado por Peter Alexander). Collins, Londres, 1973.
SHIBLES, W. *Wittgenstein, linguagem e filosofia*. São Paulo, Cultrix/ Edusp, 1974.
SMITH, P. (Ed.) *Favorite Poems of Childhood*. Dover Publications, Nova York, 1992.
STEVENSON, R. L. *A Child's Garden of Verses*. Dover Publications, Nova York, 1992.
STEWART, S. *Nonsense. Aspects of Intertextuality in Folklore and Literature*. Johns Hopkins, Baltimore, 1989.
STÖRIG, H. J. *A aventura das línguas. Uma viagem através da história dos idiomas do mundo*. São Paulo, Melhoramentos, 1990.
SWEENEY, J. L. (Org.) *Selected Writings of Dylan Thomas*. Nova York, New Directions, /s.d./.
SWIFT, J. *Gulliver's Travels*. Chancellor Press, Londres, 1985.
*The Miniature Mother Goose* (ilustrado por Blanche Fisher Wright). Running Press, Philadelphia, Pensilvânia, 1992.
*The Penguin Pocket English Dictionary*. 4ª ed. Londres, Penguin Books, 1990.
*UNICAMP 96. Manual do candidato*. Comvest. Pró-Reitoria de Graduação. Unicamp.
VAN PEURSEN, C. A. *Ludwig Wittgenstein. An Introduction to his Philosophy*. Nova York, E. P. Dutton and Co. 1970.
VIRGILE. *Oeuvres Complètes*. Avec Bibliographie, Études historiques et littéraires, Notes, Grammaire, Lexique et Illustrations Documentaires par René Pichon. Paris, A. Hatier, 1936.
VIRGÍLIO. *Bucólicas*. Trad. e notas de Péricles Eugênio da Silva Ramos. Intr. de Nogueira Coutinho. Editora Universidade de Brasília/Melhoramentos.
WILLIAMS, E. Communicative reading. *In*: JOHNSON, K.; PORTER, D. *Perspectives in Communicative Language*, Londres, Academic Press, 1993.
WITTGENSTEIN, L. *Investigações filosóficas*. Trad. de José Carlos Bruni, 2ª ed. São Paulo, Abril Cultural, 1979.
WITTGENSTEIN, L. *The Blue and Brown Books*. 2ª ed. Org. e pref. de R. Rhees. Oxford, Basil Blackwell, 1969.

"What else have you got in your pocket?" The Dodo asked Alice in Wonderland, and if anyone feels inclined to ask the same question at the end of these pages, the answer is easy. There is plenty more where these came from (...)"

Ernest Rhys, *A Book of Nonsense*

"J'ai composé cette histoire, – simple, simple, simple,
Pour mettre en fureur les gens – graves, graves, graves,
Et amuser les enfants – petits, petits, petits."

Charles Cros, *Le Hareng saur*

IMPRESSÃO E ACABAMENTO:
YANGRAF  FONE/FAX: 218.1788